U0648364

如果不能阻止悲伤之鸟飞过你的头顶，
至少可以不让它们在你的头上筑巢。

走 过 两 个 月 亮

他们给了我一个机会，
让我穿着妈妈的鹿皮靴——去看她所看到的，
去体会她的最后一次旅程。

树叶在微风中摆动，

渐渐地，我觉得似乎是树在唱歌，

从那时起，我开始叫它"会唱歌的树"。

走 过 两 个 月 亮

走过两个月亮

Walk Two Moons

[瑞士] 莎伦·克里奇◎著　　陈水平◎译

湖南文艺出版社
HUNAN LITERATURE AND ART PUBLISHING HOUSE

小博集
BOOKY KIDS

WALK TWO MOONS

by Sharon Creech

Copyright © 1994 by Sharon Creech

Simplified Chinese translation copyright © 2023 by China South Booky Culture Media Co., Ltd.

Published by arrangement with Writers House, LLC through Bardon-Chinese Media Agency

ALL RIGHTS RESERVED

著作权合同登记号：图字18-2022-240

图书在版编目（CIP）数据

走过两个月亮 /（瑞士）莎伦·克里奇著；陈水平译 . -- 长沙：湖南文艺出版社，2023.1

书名原文：WALK TWO MOONS

ISBN 978-7-5726-0983-1

Ⅰ . ①走… Ⅱ . ①莎… ②陈… Ⅲ . ①儿童小说－长篇小说－瑞士－现代 Ⅳ . ① I522.84

中国版本图书馆 CIP 数据核字（2022）第 237697 号

上架建议：畅销·儿童文学

ZOUGUO LIANG GE YUELIANG
走过两个月亮

著　　者：〔瑞士〕莎伦·克里奇
译　　者：陈水平
出 版 人：陈新文
责任编辑：刘雪琳
策划编辑：文赛峰　特约编辑：何思锦　丁　玥
营销编辑：付　佳　杨　朔　付聪颖　周　然
版权支持：刘子一
装帧设计：梁秋晨
绘　　者：哆　多
版式排版：金锋工作室
出　　版：湖南文艺出版社
　　　　　（长沙市雨花区东二环一段508号　邮编：410014）
网　　址：www.hnwy.net
印　　刷：三河市鑫金马印装有限公司
经　　销：新华书店
开　　本：875 mm × 1230 mm　1/32
字　　数：148 千字
印　　张：10.5
版　　次：2023 年 1 月第 1 版
印　　次：2023 年 1 月第 1 次印刷
书　　号：ISBN 978-7-5726-0983-1
定　　价：35.00 元

若有质量问题，请致电质量监督电话：010-59096394
团购电话：010-59320018

永远不会消失的歌声

"让我们造一只木筏，然后顺着河流一直漂下去。"我那时一直在想象那只木筏的样子，我相信有一天我们真的可以造一只木筏，一起顺着河流这么漂啊漂。

在莎伦·克里奇的《走过两个月亮》里，这是最打动我的一段话。就全书来看，这只是男孩本不小心碰到女孩萨拉的手后，她脑子里浮现出来的一幅画面。很奇怪，它就这么留在我的脑海里，挥之不去。

我盯着它看了许久，忽然有所领悟，这平平常常的几句话，是萨拉曾经的人生期待，这样的期待很自然，很亲切，很真诚，还很浪漫，只是这期待并未实现，甚至走向了反面。"她居然一个人去了爱达荷州的刘易斯顿。"这的确是最真实的人生。我们所期待的并未发生，我们不希望的却一次次到来，在很长一段时间里，萨拉都陷入了一种怀疑，是不是自己的疏远才让妈妈离开？直到故事的最后，她艰难地走到妈妈的坟墓前。

"让我们造一只木筏，然后顺着河流一直漂下去。"如果你同意，这句话正好暗示了书中萨拉这场真实的旅行，只不过，不是在木筏上，不是与妈妈，而是与爷爷奶奶，在一辆小汽车里，长达六天。他们顺着高速公路驶向远方，目标呢？正是她的妈妈。

人这一生，往往在不断追寻自己已然的失落。萨拉在追寻，爸爸在追寻，菲比在追寻，温特博特姆夫人在追寻，玛格丽特在追寻，就连爷爷奶奶一路走来，都是一次追寻，他们会说到过去的时光，会说到久远的婚床……一次旅行，三段故事，在向前疾驶的汽车里，在萨拉的回忆与讲述里，交织在一起，仿佛一曲动人的交响乐，复杂的时间线下面，每一段都是一条河流，静静流过人生的河岸，沉积下美丽与哀愁。

这是《走过两个月亮》的独特与高明之处。

人生中所有的曲折离奇，因为一次旅行变得清晰，不再神秘，而清晰之后的曲折离奇，更加打动人心，有了"原来如此"的恍然，也有了"永不再来"的怆然，更有了"珍惜此刻"的释然。这一点，更突出体现在那句精彩至极的格言里："如果不能阻止悲伤之鸟飞过你的头顶，至少可以不让它们在你的头上筑巢。"果然，关于人生，童书里有人们想知道的一切。太棒了！

　　当萨拉把三段故事全部讲下来时，她的领悟是最多的，她发现"麂皮靴"是个完美的隐喻，那是指别人的人生，穿上别人的麂皮靴就是一次共享，一次共情，在自己的眼睛里，发现别人的身影；在别人的故事里，看到自己的人生。她也终于明白了这一趟旅行的意义：穿上妈妈的麂皮靴走一趟，去看看她领略过的景物，体会她在最后的旅程中可能会有的感受。

　　从这个意义上来讲，萨拉还是幸运地与妈妈一起坐上了木筏，顺着河水漂向了远方——她接下来的漫长的人生。妈妈也不曾离去，有了这样的理解，她始终会在萨拉身边，就像那位纳瓦霍族女神，"周而复始，生生不息，活了成千上万次"。

莎伦·克里奇的故事并不简单，性格各异的出场人物，前后交叉的时间线索，变幻不定的生活场景，但是，这么多不简单合在一起，却有一样是简单的、不变的，那就是"爱"与"温暖"，这也是萨拉的最终觉醒，尽你所能直面潘多拉魔盒里的一切，然后再转向另一个盒子，"一个里面全是温暖和美好的盒子"。

这本书是温暖而美好的，像极了萨拉拥有的那棵"会唱歌的树"，值得你驻足聆听，它的歌唱，它的沉默；它的勇敢，它的成长。

相信我，只要你读了这个故事，这些歌声就永远不会消失。

冷玉斌

全国优秀教师

《中国教育报》"2015年度推动读书十大人物"之一

"国培计划"北京大学小学语文课程开发及教学指导专家

Contents **目录**

第 **1** 篇

第 **2** 篇

第**3**篇

第 1 篇

"噢，来见我吧，

在郁金香花丛里，

当郁金香盛开时——"

第一章

窗后的脸

爷爷说我是个十足的乡下女孩。他说得没错，十三岁之前我都没怎么离开过肯塔基州的拜班克斯，这是一个位于俄亥俄河边的城市，城市很小，充其量不过是一片绵延的绿洲上散落着一些房子而已。一年前，爸爸像拔野草一般，把我连根拔起，带着我和我们所有的一切（不，不对——他没有带上属于我的板栗树、柳树、枫树，也没有带上我的干草棚和小水塘），一路驱车向北，来到了三百英里①以外俄亥俄州的欧几里得，停在了一栋房子前。

①英里：英美制长度单位，1英里合1.609千米。——编者注

"这里连棵树都没有吗？"我很惊讶，"这就是我们要住的地方？"

"不是，"爸爸回答，"这是玛格丽特的家。"

房子的大门敞开着，一个女人站在那儿，披着一头乱糟糟的红头发。

我来回打量着那条街——所有的房子一栋挨一栋地挤在一起，像一排鸟舍。每栋房子前都有一小块草地，草地前面是一条狭窄的灰色人行道，人行道紧挨着灰色的马路。

"谷仓在哪儿？"我问，"河呢？小水塘呢？"

"噢，萨拉，"爸爸说，"别这样。来跟玛格丽特打个招呼。"他朝着门口那位女士招手。

"我要回家，我落了东西在家里。"

披着乱糟糟的红头发的女人打开门走了出来，来到门廊那里。

"壁橱的后面，"我说，"地板下面，我藏了东西，我得回去拿。"

"别傻啦！快来见见玛格丽特。"

　　我压根儿不想见什么玛格丽特，我就直直地站在那里，茫然地四处张望。就在这个时候，我突然看到隔壁楼上的窗户里出现了一个人，她的脸贴在窗玻璃上。那是张圆圆的女孩的脸，女孩看起来有点害怕。我当时并不知道，这张脸的主人菲比·温特博特姆——一个充满无穷想象力的女孩，后来成为我的朋友，而且她身上还发生了很多奇奇怪怪的故事。

　　就在不久之前，我和爷爷奶奶待在车里的那六天，我还给他们讲了菲比的故事。

　　也许是在我讲完的时候——或者是我正在讲着的某个时候，我突然意识到菲比的故事就像是我们在肯塔基州的拜班克斯那座老房子的石膏墙。

　　那是四月的一个早晨，妈妈离开了我们。没过多久，爸爸就开始凿客厅的石膏墙。我们的房子虽年代久远，但爸爸妈妈这些年也一直在一间间地翻新。每个夜晚，爸爸都在等妈妈的消息，边等就边凿那面墙。

　　有天晚上，我们得到一个不幸的消息——妈妈不会再回来了。爸爸使劲用凿子和锤子不断地砸着那面墙。凌晨两点，我一直没睡着。这时，爸爸来到我的房间，带我下楼去看他发现的东西——那面墙的后面藏着一个用砖块砌成的壁炉。

之所以菲比的故事让我想到那面石膏墙，那是因为就像那个隐藏的壁炉，菲比的故事里也藏着另一个故事，那就是我的故事。

第二章
"乖宝"开始讲故事

在菲比那些奇怪的故事发生以后，爷爷奶奶想到一个计划——从肯塔基州开车到俄亥俄州接上我，然后我们三个一起横跨两千英里，一路向西，去爱达荷州的刘易斯顿。这就是我会跟爷爷奶奶待在封闭的车里将近一周的前因后果。我并不渴望这段旅程，但我似乎别无选择。

爷爷说："我们还能去看看叮叮当当、热热闹闹的美国。"

奶奶把我的脸捧在手里挤成了一团，说："这样，我又可以跟我最爱的乖宝在一起啦。"好吧，顺便提一下，我就是他们独一无二的"乖宝"。爸爸说地图对奶奶来说就是个摆设——她压根儿就不会看地图，如果我愿意陪着他们，帮他们指指路，他会很开心。

我那时才十三岁，虽然知道怎么看地图，但这并不是我愿意跟他们走的原因，当然我也不是为了要去看看爷爷奶奶口中"叮叮当当、热热闹闹的美国"。

真正的原因是：

1. 爷爷奶奶想去见已经在爱达荷州的刘易斯顿安顿下来的妈妈。

2. 爷爷奶奶知道我也想见妈妈，但是我不敢去。

3. 爸爸想和红头发的玛格丽特·卡达瓦独处。而且，他已经去见过妈妈，但是没有带我一起去。

还有一个原因——尽管不重要——爸爸不相信爷爷奶奶能不出岔子地开到目的地，除非有我跟着。爸爸说，如果他们独断专行、固执己见的话，他也顾不上尴尬，会直接打电话给警察，让警察在他们出发之前把他们抓起来，这样就省事得多了。

这听起来真是不可思议，一个男人竟然会叫警察来逮捕自己老迈龙钟的父母。不过事实是从爷爷奶奶上车开始，麻烦就紧紧跟着我们，就像小马跟在母马后面。

我的爷爷奶奶是爸爸的爸爸妈妈，他们十分善良但又有点古怪。百分之九十九的慈祥加上百分之一的精灵古怪，这样的组合总会引起人们的好奇心，让人想要去了解他们，但是你永远猜不到他们下一步会做什么和说什么。

三人行一旦确定，这段行程就变得异常紧迫，那种紧迫感就像雷雨来临前乌云集结在我周围，轰隆作响。在出发前一周，连风的声音似乎都在催促我们："快点，快点，快点。"到了夜晚，静谧的黑夜似乎也悄悄地说着："赶紧，赶紧，赶紧。"我没有想过我们真的会成行，而且刚开始我也并不愿意去，或者确切地说是我压根儿没指望我们能顺利出发。

但我最终决定要去，而且是一定要去，还要赶在妈妈生日之前到她那里。这非常重要，因为我相信，如果真有任何机会可以劝妈妈回家的话，那一定是在她生日那天。但如果我把这想法说出来，告诉爸爸或者是爷爷奶奶的话,他们肯定会说我缘木求鱼。所以我没敢说,但我相信这是有可能的。唉,有时候我的脾气固执倔强得像头老驴,爸爸常说我是固执地靠在早已折断的芦苇上,终有一天会摔个狗啃泥。

最终,我和爷爷奶奶开启了第一天的旅程。刚上车的那半个小时,我一直在祈祷,祈祷我们不要发生事故(我对小汽车和公共汽车充满了恐惧),还祈祷我们能够赶在妈妈生日之前到达——还有七天时间——这样我们才能带妈妈回家。我一次又一次重复着我的祷告,不过我是直接向着树祈祷,因为公路周围总会有树。

我们开上了俄亥俄州的收费公路,这是我见过的最平坦、最笔直的一条路。奶奶的话突然打断了我的祈祷:"萨拉曼卡——"

在这里,我需要解释一下,我的真名叫萨拉曼卡·树·希德尔。爸爸妈妈以为"萨拉曼卡"是高祖母所属的印第安部落的名字,实际上爸爸妈妈搞错了,那个部落真正的名字是"塞内卡"。但我出生时,爸爸妈妈并不知道这个错误，他们用这个部落的名字给我起了名，然后我就一直叫"萨拉曼卡"了。

我名字中间那个字——"树"，就是大家所熟悉的树，妈妈认为树很美，于是用"树"做我的名字。她本来是想用更加具体的树名，比如她最喜欢的糖枫树，但是"萨拉曼卡·糖枫树·希德尔"这个名字对她而言也太复杂了。

妈妈以前一直叫我"萨拉曼卡"，她离开后，就只有爷爷奶奶这么叫我了（他们不叫我"乖宝"的时候，就叫我"萨拉曼卡"）。其他大多数人都叫我"萨拉"，还有一些男孩自以为超级幽默，喜欢叫我"萨拉曼达大蜥蜴"。

我们正一路向着爱达荷州的刘易斯顿驶去，奶奶突然提议："萨拉曼卡，给我们解解闷呀！"

"怎么解闷？"

爷爷说："要不讲个故事？讲个有意思的。"

我当然有满肚子的故事啦，不过我的故事都是从爷爷那里听来的。爷爷提议我可以说说妈妈的故事，但我并不想这么做，我好不容易才控制住自己不要时时刻刻想着妈妈。

爷爷又提议："这样吧，讲讲你的朋友？你总会知道一些朋友的故事吧？"

就这样，菲比·温特博特姆闯进了我的脑海。要说她，我当然有满肚子的话讲。"我可以给你们讲一个无比奇怪的故事。"正式讲故事之前，我先给他们铺垫了一下。

"那太好了！"奶奶说，"开心！"

于是我停止了祈祷，开始讲关于菲比·温特博特姆的故事，讲她消失的妈妈，还有那个疯子的故事。

第三章
勇敢

　　第一次见到菲比是我和爸爸搬去欧几里得的那一天，所以菲比的故事就要从我第一次去红头发玛格丽特·卡达瓦家开始，在那里我还见到了她年迈的母亲帕特里奇夫人。玛格丽特亲切友好地俯身看着我，"好可爱的头发，"她夸道，"怎么会这么乖啊！"其实那一天，我一点都不乖。相反，我一直在闹脾气，既不愿坐下，也不想见玛格丽特。

　　我们离开的时候，玛格丽特悄悄地对爸爸说："约翰，你还没有跟她说吗——说我们如何认识的？"

　　爸爸看起来有些局促不安。"没有，"他回答说，"我试过，但她都不想听。"

这倒是事实。没错，谁在乎呢？我想。"谁关心他怎么认识玛格丽特·卡达瓦的？"

我们终于离开了卡达瓦夫人和帕特里奇夫人的家，开了大约三分钟的车，来到两个街区以外，那就是我和爸爸将要住的地方。

矮小的树木。一排小小的如鸟舍般的房子，就像被砍掉的小树桩一样，其中有一栋是我们将要住的。这里没有小水塘，没有谷仓，没有牛，也没有鸡和猪，只有一栋小小的白房子，外加门前的一小块草地。这块小得可怜的草地顶多够老家的奶牛啃上五分钟。

"我们一起去看看？"爸爸显得有点过分热情。

我们穿过小小的客厅和拥挤的厨房，上楼后首先来到爸爸那间狭窄的卧室，然后转进我那只有巴掌大的卧室，紧挨着的是一个小到不能再小的厕所。从楼上的窗户往后院看，小小的院子一半是水泥台子，另一半是一块更小的草坪，估计只够老家的奶牛啃上两口。院子四周被木栅栏围了起来，左边和右边是面积同样大小的两小块地，同样被栅栏围了起来。

搬家的货车到了，两位搬运工把我们在拜班克斯的家具全部塞进了鸟舍一样的小房子里。我和爸爸好不容易爬过堆积的沙发、椅子、桌子和行李箱，来到客厅。"嗯，"爸爸说，"这倒有点像在老家，我们把所有的动物都赶进鸡圈的场面。"

三天后，我去了新学校，并再次见到了菲比。她和我一个班。新学校的大部分同学说话语速都很快，声调也很高，像打机枪一样。大家都穿着笔挺的新衣服，戴着牙箍，大多数女生留着齐肩长的"波波头"（这是她们给这种发型起的名字），额头上还留着长长的刘海儿，她们不停地甩着刘海儿，以免挡住眼睛。我们以前养的马也经常这样。

每个人都来摸我的头发。"你从来没有剪过吗？"他们问，"你可以坐在自己的头发上吗？你怎么洗头呢？你的头发天生就这么黑吗？你使用护发素吗？"我也分不清他们到底是喜欢我的头发，还是他们认为我看起来像个长发怪。

一个叫玛丽·卢·芬尼的女孩说的话就更古怪了，她会突然大喊一声"全能"，一会儿又来一句"牛脑袋"。我完全不懂她什么意思。班上还有两位像油煎的豆子一般总是喜欢上蹿下跳的同学——梅甘和克里斯蒂，还有情绪低落的贝丝·安和脸蛋红扑扑的亚历克斯·奇弗，还有一个叫本的同学，成天只知道画漫画。英语老师也很古怪，我们叫他伯克威先生。

还有就是菲比·温特博特姆。本老是叫她"飞蜜的冰屁股①"，还画了一张大黄蜂的图，大黄蜂屁股上托着一块冰。菲比一把把画撕碎了。

菲比很安静，大多数时间都是一个人待着。

她圆圆的脸上有一双蓝色的大眼睛，这张可爱的娃娃脸周围是一头金黄色的鬈发——像乌鸦爪子的那种金黄色。

---

① 菲比·温特博特姆的名字是"Phoebe Winterbottom"，本用谐音叫 phoebe（飞蜜），用多义词来解释 winterbottom（冬天的屁股），所以就成了"飞蜜的冰屁股"。若无特别说明，本书脚注均为译者注。

　　第一周，我和爸爸在玛格丽特家吃饭（那一周我们在她家吃了三顿晚餐）的时候，我有两次看到菲比出现在她自己家的窗户后面。有一次我还向她招了招手，但她似乎没有注意到。在学校，她也从不提我们两个见过的事情。

　　一天，午饭时间，她溜到我座位旁边，说："萨拉，你真有勇气。你真勇敢！"

　　说句实话，我当时简直是一口吞下十市两——大吃一惊。"我？哪里勇敢？"我说。

　　"没错。你很勇敢。"

　　不对。我——萨拉曼卡·树·希德尔，害怕的东西实在是多得数都数不过来。我害怕车祸、死亡、癌症、脑瘤、核战、孕妇、噪声、严苛的老师、电梯以及其他许许多多的事情。当然，我不怕蜘蛛、蛇，还有大黄蜂，但菲比和班上其他同学似乎都不怎么喜欢这些动物。

　　那天正好有一只黑色的蜘蛛在我的课桌上旁若无人地妄自横行，我两手一拢，把它捧到打开的窗户旁边，放到了外面的窗沿上。

只听见玛丽·卢·芬尼大喊："阿尔法和欧米伽，你们快看！"贝丝·安的脸吓得像牛奶一样白，屋子里所有人的反应就好像我刚刚单枪匹马擒住了一只喷火龙一样震惊。

经过这件事情，我发现如果人们期待你勇敢，有时候即使你每块骨头都在哆嗦，你也会假装勇敢。

故事说到这里，奶奶打断了我的话，说："为什么是假装，萨拉曼卡，你当然很勇敢啦。希德尔家族的每个人都很勇敢。这是家族特质。看看你爸爸——你妈妈——"

"妈妈又不是希德尔家的人。"我说。

"事实上，她是，"奶奶回答说，"她都嫁到希德尔家这么久了，怎么可能不是希德尔家族成员啊。"

但妈妈以前可不是这么说的。她总跟爸爸说："你们希德尔家的人在我看来就像谜一般，看来我永远也成不了你家的人。"她说这话的时候并不自豪，而是带着一种遗憾，甚至有那么一点点认输的无奈。

　　妈妈的爸爸妈妈——我的外公外婆——来自另一个叫作皮克福德的家族。他们完全不像我的爷爷奶奶，就像驴和泡菜，有着天壤之别。外公外婆总是站得笔直，就好像脊背上有根钢管一样。他们总是穿着熨烫得平整的衣服。他们如果感到震惊或者惊讶（这常常发生），通常也只会说："真的吗？真的是这样？"然后睁大眼睛，嘴角微微向下撇。

　　我曾问过妈妈："为什么外公外婆从来不会大笑？"妈妈回答："他们忙着变成优雅的人，这需要集中所有的注意力。"说完妈妈就笑了起来，她笑得很温柔，但你会发现她的脊背上并没有钢管，因为她笑啊笑啊，然后就笑弯了腰。

　　妈妈说外婆一生中唯一一次争吵是因为给妈妈起名字。外婆原本姓盖费瑟，所以她给妈妈起了个名字叫尚哈森，这是个印第安名字，意思是"甜甜的树汁"——换言之就是枫糖，但是只有皮克福德外婆用这个印第安名字叫妈妈，其他每个人都叫我妈妈蜜糖。

多数时候，妈妈似乎一点也不像外公外婆。甚至连我都很难想象她是他们的女儿。但是偶尔，在某些不经意的片刻，妈妈的嘴角也会向下撇，说："真的吗？真的是这样？"这听起来确确实实就是皮克福德家的人了。

第四章
"这就是我想告诉你的"

就在菲比坐在我旁边说我很勇敢的那天，她邀请我去她家吃晚餐。坦白说，我松了一口气，这样我就可以不用去玛格丽特家里吃饭了。我并不想看到爸爸和玛格丽特两人相视而笑。

我希望所有的事情都回到从前。我希望回到肯塔基州的拜班克斯，那里重峦叠嶂、绿树成荫，遍地都是奶牛、鸡和猪。我希望从谷仓一路奔跑下山，冲进厨房门，然后"砰"的一声关上门，就可以看到爸爸妈妈正坐在桌前削苹果。

我和菲比一起从学校步行回家。我们俩先去了我家，给还没下班的爸爸打了电话——玛格丽特已经帮他找了一份售卖农机的工作——告诉他我要去菲比家吃饭。爸爸说他很开心，就像涨潮时的蛤蜊一样开心，因为我交到了新朋友。他也许真是为我交到新朋友而开心，我想，但也有可能是因为可以跟玛格丽特·卡达瓦独处而开心吧。

然后，我和菲比一起往她家走去。我们从玛格丽特·卡达瓦屋前走过时，一个声音传来："萨拉，萨拉，是你吗？"

在门廊的阴凉处，我们看到玛格丽特的母亲——帕特里奇夫人，她正坐在柳条摇椅上。一根粗粗的、长满节疤的拐杖横放在她的膝盖上，拐杖的手柄被雕刻成眼镜蛇头的形状。她穿着紫色的裙子，裙摆滑到了瘦骨嶙峋的膝盖上，她还岔开双腿，唉，虽然我不想说，但是事实是——你真的都能看到她里面的衬裙。她脖子上围着一条黄色的羽毛围巾。（"我的羽毛围巾，"她有次告诉我，"这是我最喜欢的羽毛围巾。"）

我转身朝着她走去，菲比一把拉住我的胳膊。

"不要过去。"她说。

"只有帕特里奇夫人一个人，"我说，"没事的。"

"你跟谁在一起？"帕特里奇夫人问，"她脸上有什么东西？"我知道她的诡计，我第一次见她的时候就领教过了。

听到帕特里奇夫人的话，菲比赶紧把两手放在自己圆圆的脸上，摸来摸去。

"过来这里。"帕特里奇夫人一边说着，一边伸出自己瘦小又弯曲的手指向菲比探过去。

帕特里奇夫人把手放到菲比的脸上，轻轻地从眼皮摸到脸颊。"跟我想的一样，两只眼睛、一个鼻子，还有一张嘴巴。"帕特里奇夫人发出一阵怪异的笑声，这声音好像从嶙峋的石头缝里蹦出来一样。"你十三岁了。"她加了一句。

"是的。"菲比说。

"我知道，"帕特里奇夫人说，"我就知道。"她拍了拍她黄色的羽毛围巾。

"她叫菲比·温特博特姆，"我说，"就住在你家隔壁。"

我们离开的时候，菲比轻声说："我真不希望你告诉她这些，告诉她我就住在隔壁。"

"为什么？你似乎和卡达瓦夫人还有帕特里奇夫人不是很熟？"

"她们搬到这儿没多久。差不多一个月吧。"

"你不觉得她很厉害吗？她居然猜到了你的年龄。"

"我不觉得这有什么可厉害的。"

我正想再解释一下，但菲比接着告诉我，她和她的爸爸妈妈，还有姐姐普鲁登丝一起去过州博览会，他们在一个展位上遇到过一个高高瘦瘦的男人，当时一群人围着他。

"他在干吗？"我问。

"这就是我想告诉你的。"菲比回答。菲比有时候说话就像一个大人。

尤其当她说"这就是我想告诉你的"这句话的时候，真像一个大人对小孩说话的口气。"他在猜大家的年龄。围在旁边的人一直在惊呼'哇''太厉害了'‘他怎么知道'。如果他所猜的年龄与实际年龄相差一岁左右，你就可以赢得一只泰迪熊。"

"他怎么做到的？"我问。

"这就是我想告诉你的，"菲比说，"那个高高瘦瘦的男人会先仔细观察一个人，然后闭上眼睛，用手指向那个人，大喊一声：‘七十二！’"

"每一个人吗？他猜每个人的年龄都是七十二岁？"

"萨拉，"菲比说，"这就是我马上要告诉你的。我只是举个例子，他也可能说‘十岁’‘三十岁’或者‘七十二岁’，不同的人有不同的年龄。他真是太神奇了。"

我确实认为他比帕特里奇夫人要神奇多了，但是我没有表达出来。

菲比的爸爸希望那个高高瘦瘦的男人可以猜一猜他的年龄。"我爸爸觉得自己看起来非常年轻，他确信可以瞒过那个高高瘦瘦的男人。在仔细观察我爸爸以后，那个男人闭上他的眼睛，用手指着我的爸爸，猜出了数字‘五十二’，我爸爸发出了一声小小的惊叹，周围人不明所以，全都不由自主地开始说'哇'和'太厉害了'，但是我爸爸让他们停下。"

"为什么？"

菲比为难地扯了扯她头上的一绺黄鬓发。也许她觉得早知道就不讲这个故事了——"因为我爸爸根本就没有五十二岁，他才三十八岁。"

"噢。"

"那天我爸爸一边跟着我们逛集市，一边抱着赢来的奖品——一只大大的绿色的泰迪熊。他整天都很沮丧，一直嚷着：'五十二岁？五十二岁？我看起来有五十二岁吗？'"

"他真的看起来有五十二岁吗？"

菲比更加用力地扯着自己的头发。"不，他看起来不像五十二岁。他看起来就是三十八岁。"看得出来，她非常维护他爸爸。

菲比的妈妈在厨房里。"我正在做黑莓派，"温特博特姆夫人说，"希望你喜欢——怎么啦？如果你不喜欢黑莓派，我还可以——"她可能觉察到了我的表情。

"不用，"我回答说，"我非常喜欢黑莓，我想我只是有点过敏。"

"对黑莓过敏？"温特博特姆夫人追问。

"不，不是对黑莓过敏。"事实上是，我没有对什么东西过敏，但是我不想承认，说起黑莓来，我会想起妈妈。

温特博特姆夫人让我和菲比坐在餐桌旁边，告诉她我们今天在学校的情况。菲比说到帕特里奇夫人猜中她年龄的事情。

"她很厉害。"我说。

菲比说："没有那么厉害，萨拉。我可不会用'厉害'这个词来形容她。"

"但是菲比，"我说，"帕特里奇夫人眼睛看不见的。"

菲比和菲比的妈妈都很惊讶："看不见？"

后来，菲比对我说："帕特里奇夫人虽然看不见，但是她能看到我的一些事情；而我一个看得见的人，却对她视而不见。你不觉得这很奇怪吗？不过说到奇怪，卡达瓦夫人倒是真的很奇怪。"

"你说玛格丽特？"我问。

"她几乎把我吓死。"菲比说。

"为什么？"

"这就是我想告诉你的，"她说，"首先是她的名字：卡达瓦——你知道卡达瓦的意思吗？"

事实上我不知道。

"它的意思是死尸。"

"你确定？"

"当然，我确定，萨拉，你可以去查查字典。你知道她是做什么的吗——她的工作？"

"我知道，"我很高兴地回答，我很高兴终于有我知道的事情了，"她是护士。"

"没错，"菲比说，"哪个病人愿意接受一个名字叫'死尸'的护士？你不觉得她那满头蓬松的红头发很像幽灵吗？还有她的声音——让我想到落叶被风从地面上卷起来的声音。"

　　这就是菲比的力量。在她的世界，没有人是寻常人。人们要么很完美——像她爸爸一样，要么，在更多情况下，就是疯子或者是斧头杀手。她说的任何事情都能让我信服——尤其是关于玛格丽特·卡达瓦的。从那天起，玛格丽特·卡达瓦的红头发看起来就像幽灵一样，她的声音听起来就像风扫落叶的声音。不知为何，一旦有了这些原因，我跟玛格丽特的关系倒更好处理了，我不喜欢她，这回我有理由不喜欢她了。

　　"你想知道一个秘密吗？"菲比问。（我想。）"但你要保证不告诉任何人。"（我保证了。）"也许我不应该告诉你，"她接着说，"你爸爸老来这里，看得出他很喜欢玛格丽特，对吧？"她用手指绕着她的头发，蓝色的眼睛瞟着天花板。"她姓卡达瓦，对不对？你有没有想过卡达瓦先生去哪儿了？"

　　"我真的从没想过——"

　　"好吧，我想我知道，"菲比说，"事情很奇怪，真的很奇怪。"

第五章

遇到难题的姑娘

故事刚说到这里，奶奶插嘴说："我也认识一个很像佩比的人。"

"是菲比。"我说。

"没错，我认识一个像佩比的人，不过她的名字叫格洛丽亚。格洛丽亚住在一个很荒凉的地方，是荒郊野岭——那是个令人害怕的地方，但是，噢！那里虽然吓人，但比我住的地方有意思多了！"

爷爷突然插嘴："格洛丽亚？是那个劝你别嫁给我的格洛丽亚吗？是她说我俩不合适？"

"嘘，"奶奶说，"这一点格洛丽亚可没说错。"她用手肘碰了碰爷爷，"此外，格洛丽亚之所以这么说，是因为她想嫁给你。"

"见鬼!"爷爷说着把车开进俄亥俄公路上的一个服务区,"我想休息会儿。"

可我不想停下来。"快点,快点,快点",风在催促,天空在催促,云朵和树木也在催促。赶紧,赶紧,赶紧。

不过爷爷如果真的想休息的话,那就让他休息吧,至少这是一件他能够在又快又安全的状态下完成的事情。爷爷奶奶很容易遇到麻烦事,就像苍蝇很容易停在西瓜上。

两年前,他们开车去哥伦比亚特区时因为偷了一位参议员的备用车胎而被抓了起来。"我们的两个轮胎都没气了,"爷爷解释道,"我们只是暂时借用一下参议院的轮胎。我们会归还的。"在肯塔基州的拜班克斯,你可以这么做,你可以先借用别人的备用轮胎,事后归还就行。但这在哥伦比亚特区可行不通,特别是你不能去动参议员的车。

后来又有一次,爷爷奶奶开车去费城,他们因危险驾驶被警察拦下。"你们开上路肩了。"警察告诉爷爷。爷爷问："路肩？我以为那是另外一个车道。真是不错的路肩。"

所以就这样，虽然这段旅程才走了几个小时，但谢天谢地，至少我们已经很安全地停在了第一个服务区里。这时，爷爷注意到一个女人正站在她的车前面的引擎盖边，一边盯着车的引擎，一边拿一条白色的手绢去擦引擎里面油乎乎的部件。

"不好意思，"爷爷热心地说，"我想我看到了一位遇到难题的姑娘。"说着，他快步朝那位女士走去，前去帮忙。

奶奶则坐在那里边拍膝盖边唱了起来：

"噢，来见我吧，
在郁金香花丛里，
当郁金香盛开时——"

现在，爷爷已经接替了那位女士，正俯身对着引擎。那位女士则站在爷爷后面，微笑地看着爷爷，她手里拿着的白手绢已经沾了不少黑色的油渍，随风摆动着。

"也许是发动机，"他嘴里说着，"也许不是。"他轻轻叩了叩管子，"也许是这些可恶的'蛇'。"他说。

"噢，天哪，"那位女士很惊讶，"蛇？引擎里有蛇吗？"

爷爷晃了晃其中一根管子，解释说："我把这个叫作'蛇'。"

"噢，我明白了，"女士说，"那你认为是那些——那些'蛇'出问题了？"

"也许是的。"爷爷拽了拽其中一根管子，管子松垮垮地掉了下来。"看到了吗？"他说，"它脱落了。"

"嗯，是的，但是你——"

"可恶的'蛇'！"爷爷说，又拉了拉另一根管子，那根管子又跟着脱落了下来，"你看，这根也是。"

那位女士勉强露出一丝尴尬的笑容。"但是——"

两小时后，所有原本连接得好好的"蛇"全都脱落了。有问题的发动机也被拆散了，各种部件散在地上，到处都是。

最后那位女士打电话叫来了修理工。在确认这位修理工十分诚实，并且有能力修好这位女士的车之后，爷爷终于心满意足地开车离开了，我们才得以继续我们的行程。

"萨拉曼卡，"奶奶说，"给我们多讲一些佩比的事情。"

"是菲比，"我说，"菲比·温特博特姆。"

"是的，没错，"奶奶说，"是佩比。"

第六章

黑莓

"卡达瓦先生发生了什么悲惨的事?"爷爷问, "你还没告诉我们呢。"

我解释说,当菲比要把卡达瓦先生可怕的遭遇原原本本说出来的时候,她爸爸下班回来了。然后,我和菲比、菲比的爸爸妈妈,还有菲比的姐姐普鲁登丝坐在一起吃晚饭。

菲比的爸爸妈妈让我想起我的外公外婆——皮克福德先生和夫人。像皮克福德先生和夫人一样,温特博特姆先生和夫人说话时总是轻声细语的,话语很简洁,彼此之间也是非常客气和礼貌,用餐的时候,他们都坐得笔直,总是说:"是的,诺尔玛。""是的,乔治。""菲比，请把土豆递给我，可以吗?""你的客人还需要什么吗?"

他们一家人很挑食。他们吃的所有菜在我和爸爸看来都是"配菜"，比如：土豆、西葫芦、豆子沙拉和一锅我说不清楚的砂锅菜。他们还不吃肉，也不吃黄油，原因是他们特别害怕胆固醇升高。

从他们的谈话中，我得知：温特博特姆先生在办公室里做绘制道路地图的工作，温特博特姆夫人在家做饭、打扫卫生、洗衣服，还负责日常采买。但有趣的是，我感觉温特博特姆夫人并不喜欢做饭、打扫卫生、洗衣服和日常采买。不过我也不确定我这个感觉从哪儿来，因为只从她所说的话来判断的话，你似乎觉得她就是一个超级完美的家庭主妇。

例如有时候，温特博特姆夫人会说："我想我上周做了太多的派，数都数不清了。"她说这个话时还很开心，但是紧接着是一阵沉默——并没有人评价她的派。她轻轻叹了口气，低下头看着她的碟子。我感到很奇怪，她既然那么害怕胆固醇升高，又干吗烤这么多的派。

过了一会儿，她又说："乔治，我找不到你喜欢的那个牌子的什锦麦片，但是我买了另一个类似的牌子。"温特博特姆先生继续吃他的晚餐，依然一声不吭。温特博特姆夫人又叹了口气，眼睛盯着她的盘子。

之后，她又宣布既然菲比和普鲁登丝回到学校了，她想她又可以回去做兼职了，她每学期都在罗基的橡胶店做接待员的工作。听到这个消息，我真为她开心。同样，这次也没有人回应她要回去做兼职这件事，她又叹了口气，用勺子戳了戳她盘子里的土豆。

好几次，温特博特姆夫人称呼她的丈夫"甜心派"和"蜜糖包"。她说："甜心派，你想再要一些西葫芦吗？""蜜糖包，我做的土豆够不够呀？"

不知道为什么，她用的这些昵称让我感到非常惊讶。她穿着很朴素，一条棕色的裙子配着一件白色上衣，脚上穿着一双舒适、宽松的平底鞋。她有着一张讨人喜欢的圆脸，一头金黄的鬈发，但她没有化妆。

在我看来，她应该已经习惯了普普通通、平淡无奇的自己，应该不可能做出什么惊天动地、惊世骇俗的事情来。

相反，温特博特姆先生扮演的是父亲的角色，超级父亲的模样。他坐在餐桌的主位上，白衬衫的袖子整整齐齐地卷起来，他仍然打着上班时戴的红白相间的领带。他语气严肃，声音低沉，吐字非常清晰。他总是用低沉而清晰的声音回答，"是的，诺尔玛""不，诺尔玛"。他看起来更像是五十二岁，而不是三十八岁，但是我想，这个想法没有必要让他——或者菲比——知道。

菲比的姐姐普鲁登丝十七岁，她像极了她的妈妈——吃饭时动作很优雅，总是礼貌地点着头，每次说完话都会报以微笑。

我觉得所有一切都很怪异。他们的一举一动实在是太规矩、太礼貌了。

晚饭过后，菲比陪着我走回家。她说："如果光看外表，你可能不知道卡达瓦夫人其实强壮得像头公牛一样。"这时候菲比向身后看了看，似乎看看有没有人跟踪我们。"我见过她砍树，她把砍下来的树枝全部拖到后院。你知道我怎么想的吗？我猜也许卡达瓦夫人把卡达瓦先生给杀害了，然后把他埋在后院。"

"菲比！"我叫道。

"我是想，我得告诉你我的想法。仅此而已。"

当晚，我躺在床上，想着关于卡达瓦夫人的事情，我倒真愿意相信她有能力杀害她的丈夫，再把他埋在后院。

然后，我又想起黑莓的事情。我记得之前有一次，我和妈妈沿着拜班克斯的田野和牧场一路采摘黑莓，我们留下了藤蔓最上面和最下面的果子，因为妈妈告诉我藤蔓下面的黑莓要留给兔子吃，上面的黑莓要留给鸟吃，只有跟人一般高的位置的黑莓才是我们可以采摘的。

我躺在床上想着那些黑莓，然后我又想起了另外一些事，一件几年前发生的事。一天早上，妈妈很晚才起来，那时她正好怀孕。爸爸已经吃完了早餐，准备出发去田里。他在两个果汁杯中各放了一朵小花——我的杯子里是一朵黑眼金光菊，妈妈的杯子里插着一朵矮牵牛。

妈妈走进厨房看到那些花，她喊道："真美啊！"她弯下腰，把脸凑到每朵花上，说："我们去找爸爸吧。"

我们爬上山，向谷仓走去，我们又爬过篱笆铁丝，穿过田野。爸爸远远地站在田野尽头，背朝着我们，手叉在腰上，眼睛看着某处的篱笆。

妈妈看到爸爸就放缓了步子。我紧紧跟着她。她好像是想悄悄地靠近爸爸，给爸爸一个惊喜，所以我也静悄悄地，小心翼翼地走着每一步。我差点忍不住要笑出声来。居然要去"偷袭"爸爸，这似乎有点大胆，我想妈妈肯定会用胳膊环住爸爸，然后亲吻他、拥抱他，告诉他她有多么喜欢杯子里的花。妈妈喜欢所有长在或生活在户外的东西——任何东西——蜥蜴、树、奶牛、毛毛虫、鸟、花、蟋蟀、蟾蜍、蚂蚁和猪。

我们差一点点就够到爸爸了，但他突然转过身来，妈妈也吓了一跳，不知所措地停住了脚步。

"蜜——"他叫妈妈的名字。

妈妈张开嘴，我心里催促着："快点！抱住他！对他说呀！"但她还没来得及开口，爸爸就用手指着篱笆，说："看那边，我花了整整一个早上。"顺着他指的方向，我们看到两根柱子之间新缠上了铁丝。爸爸的脸上和手臂上全是汗水。

接着我看到妈妈哭了起来。爸爸也看见了。"怎么啦？"他问。

"噢，约翰，你真的太好了！"她有点语无伦次，"你真的太好了。你们希德尔家的人都特别好。我可能永远也做不到。我从来没有想到过这些事情——"

爸爸低头疑惑地看着我。"餐桌上的花！"我提醒说。

"噢。"他用汗津津的双臂抱着还在哭泣的妈妈，但这不是我想象中的场景。一切都那么悲伤，没有喜悦。

　　第二天早上，我走进厨房，爸爸正好站在餐桌边，看着两盘黑莓——仍然闪闪发光，沾满露水——一盘在他的座位前，另一盘在我的前面。"谢谢。"我说。

　　"不，不是我，"他说，"是妈妈准备的。"

　　这时，妈妈从屋后门廊那边走进屋里。爸爸抱着她，他们拥吻着。这真是个极其温馨浪漫的时刻，我正要转身离开，但妈妈抓住了我的胳膊，把我拉到身边，对我说——但我认为她实际是要对爸爸说的——"看，我几乎跟你爸爸一样棒了。"她害羞地说着，微笑着。我有一种被人出卖了的感觉，但是我不知道为什么。

　　更让人惊奇的是，你想起了所有的这一切，却只是因为你吃了一个黑莓派。

第七章
伊利诺伊州

"喔，看哪！"爷爷喊道，"伊离诺伊州的边界线！"他把伊利诺伊说成了"伊离诺伊"。在肯塔基州的拜班克斯，每个人都是这样发音的，因此当听到"伊离诺伊"时，我突然开始想念拜班克斯。

"印第安纳州呢？为什么没有经过印第安纳州？"奶奶问。

"唉，你这个傻老太婆，"爷爷说，"我们开车经过了印第安纳州呀，花了三个小时。你一直在听佩比的故事，完完全全没有留意。你还记得埃尔克哈特吗？我们在埃尔克哈特吃的午饭呀。你还记得南本德吗？你还在那里上了个厕所。你竟然错过了整个'山地人之州' ①！你这个傻老太婆。"爷爷觉得这一切很好笑。

正说着，道路好像变得弯曲了（原来真的是路变弯曲了——这倒真是吓人），出现在道路右边的是一大片水域，水好蓝啊，好像拜班克斯谷仓后面的蓝色风铃。这一眼看不到头的蓝色，看起来像一片蓝色的汪洋牧场。

"到海边了吗？"奶奶问道，"我们好像不需要经过海啊？"

"你这个傻老太婆。那是密歇根湖。"爷爷给了奶奶一个飞吻——他先亲了亲自己的手指，然后把手指印到奶奶的脸上。

"我真的很想去那个湖边玩水。"奶奶说。

爷爷突然急打方向盘，一下变更两个车道，把车开到了出口匝道上。还不到挤个牛奶的工夫，我们三个就光着脚站在密歇根湖清凉的水里了。浪花溅到

---

① Hoosier State 是 Indiana State 的昵称。

我们的衣服上，海鸥在头顶上方盘旋着，它们齐声欢唱，似乎很高兴见到我们。

"万岁，万岁！"奶奶一边把脚跟踩进沙子里，一边高兴地嚷着，"万岁，万岁！"

那天晚上，我们就在芝加哥郊区住下了。在豪生汽车旅馆里，我一直四处张望，想极力眺望整个"伊离诺伊州"，但是伊利诺伊州从密歇根湖这里一直往南大约还有七千英里。整个州和俄亥俄州北部简直一模一样——地形平坦，道路又长又直。我想，这真是一次漫长的旅途。夜幕降临，一个声音随之而来："快点，快点，快点。"

我整晚都躺在床上想象着刘易斯顿的样子，但是我没法想象一个我从未去过的地方。相反，我恍恍惚惚又回到了拜班克斯。

那个四月，妈妈启程去刘易斯顿的时候，我的第一反应是："她怎么能这样做？她怎么能离开我？"

时光流逝，许多事情就是剪不断，理还乱，变得愈发艰难，愈发伤感，但有些事情反而变得异常简单。以前妈妈在身边时，我就像她的一面镜子：她开心，我开心；她伤心，我伤心。她离开后的前几天，我感到麻木，毫无感觉，我不知道我应该有什么样的感觉，所以我四处寻找她的身影，去体会和感知我应该要有的感觉。

在她离开两周后的某一天，我站在篱笆边看到一只刚出生的小牛摇摇晃晃地走着，它的腿是那么纤细无力。突然不知被什么绊了一下，它趔趄了几步，头一下子冲到我这边，不过它一抬头却充满爱意地看着我。"噢！"我想，"不管发生什么事情我还是要开心点。"我很惊讶，妈妈不在身边，我光凭自己就感悟到了这一点。那天晚上，我没有哭，还对自己说："萨拉曼卡·树·希德尔，没有妈妈你也要快乐。"这样想好像无情无义，我很抱歉怀有这种想法，但这是我真实的感觉。

我正在回忆着所有的这些事情，奶奶突然走过来，坐在我的床边。她问我："你想爸爸吗？要不要给他打个电话？"

我是想他的，我也想打电话给他，但是我很倔：
"不，不用了，真的不用。"我想，如果我打电话给
他，他一定会觉得我是笨蛋。

"好吧，乖宝。"奶奶边说边弯下身亲了我，我闻
到她经常使用的婴儿爽身粉的味道。这个味道让我很
难过，但是我说不出来为什么。

第二天早上离开芝加哥以后，我们迷路了，我一
直在祈祷："请不要让我们发生车祸，请让我们按时
到达目的地。"

奶奶说："还好这天气适合开车。"最后，我们终
于找到往西的公路。我们的计划是绕过威斯康星州的
下半部分，驶入明尼苏达州，然后直行穿过明尼苏达
州、南达科他州和怀俄明州，再横着穿过蒙大拿州，
翻越落基山，最后进入爱达荷州。爷爷计算出经过每
个州的驾驶时间大约为一天。他不打算在到达南达科
他州之前多做停留，因为他特别盼望早点到达南达科
他州。"我们要去看劣地公园，"他说，"我们还能看
到布莱克山脉。"

　　我不喜欢这两个名字的说法，但是我知道为什么我们要去这些地方——妈妈曾经去过。她乘坐的开往刘易斯顿的大巴在所有旅游景点都停过。我们正在跟随着她的踪迹。

第八章

疯子

　　我们开车去"伊离诺伊州"的途中，奶奶说："接着给我们讲佩比的故事啊。接着发生了什么？"

　　"你想听疯子的故事吗？"

　　"天哪！"奶奶说道，"只要不是太血腥。我敢说，那个佩比就像格洛丽亚一样，也是个'疯子'。"

　　爷爷说："格洛丽亚真的对我有意思？"

　　"也许是，也许不是。"奶奶说。

　　"好吧，见鬼了。我只是问问——"

　　"似乎，"奶奶说，"你有更多的事情要操心，比如说注意路况，而不是去纠结格洛丽亚的事——"

　　爷爷从后视镜中向我眨眨眼睛。"我想我们的傻老太婆有些吃醋喽。"他说。

"我没有，"奶奶说，"乖宝，继续给我们讲佩比的故事。"

我不想爷爷奶奶因为格洛丽亚吵架，所以我很乐意继续讲菲比的故事。

一个周六的早晨，我在菲比家，玛丽·卢·芬尼打电话来邀请我们去她家。菲比的父母出门了，她检查了整个屋子，确保所有的门窗都关严实了。她妈妈也是这样做的，并且要求菲比也要这样做。"以防万一。"温特博特姆夫人说。我不知道她要"以防"什么——也许是防止别人在她离开和我们离开之间那十五分钟偷偷溜进屋子，把所有门窗都打开。"得处处小心才行。"温特博特姆夫人说。

这时候，门铃响了。菲比和我同时看向窗外。门廊处站着一位年轻男子，看起来十七或者十八岁的样子，尽管我不像帕特里奇夫人那么擅长猜测人的年龄。这位年轻的男子穿着一件黑色 T 恤和一条蓝色牛仔裤，手插在裤兜里。他似乎很紧张。

"妈妈讨厌有陌生人来访，"菲比说，"她坚信，这些陌生人总有一天会带着枪闯进屋子，变成亡命的疯子。"

"噢，菲比，说实话，"我问道，"你需要我去开门吗？"

菲比深吸了口气。"我们一起去！"她打开门，冷冷地打了一声招呼。

"这是格雷街49号吗？"年轻的男子问。

"是的。"菲比回答。

"那么温特博特姆一家是住在这里吗？"

菲比给了肯定的回答："这是温特博特姆家。"她接着说，"请稍等一下。"她关上了门，对我说："萨拉，你没有感觉到什么不对劲的地方吗？他没有任何地方藏枪。他的牛仔裤很紧。也许他在袜子里藏了一把刀。"

菲比实在是太夸张了。"他没穿袜子呀。"我说。菲比再次打开了门。

年轻男子问："我想要见温特博特姆夫人，她现在在家吗？"

"在的。"菲比撒了个谎。

年轻男子上下打量着这条街。他的一头鬈发乱糟糟的，脸颊有点泛红。

他不敢直视我们的眼睛，一直在东张西望。"我有话对她说。"他说。

"她现在不能出来。"菲比说。

看得出来，听到菲比说这话的时候，他感觉快哭了，他咬了咬嘴唇，眼睛快速眨了三四下。"我可以等。"他回答说。

"稍等。"菲比说着把门关上了。她假装在找她妈妈。"妈妈！"她喊道。"哟——嚯！"她走上楼梯，故意用力地发出"砰砰"的响声，"妈妈！"

菲比和我回到门口时，他仍然站在那里，手插在裤兜里，神色悲伤地盯着菲比的屋子。"奇怪了，"菲比对他说，"我以为她在家，但是她可能出门了，但家里其他人都在，"她迅速补了一句，"很多很多人，但是温特博特姆夫人不在。"

"温特博特姆夫人是你妈妈吗?"他问。

"是的,"菲比回答,"需要我帮你带话吗?"

他的脸变得更红了。"不!"他说,"不。不需要。不用。"他上下打量着那条街,然后抬起眼看着门牌号。

"你叫什么名字?"

"菲比。"

他重复着她的名字,"菲比·温特博特姆"。我以为他会拿这个名字开个玩笑,但是他没有。他盯着我,问:"你也是温特博特姆家的吗?"

"不是,"我回答,"我是来做客的。"

然后他离开了。他转过身,慢慢走下门廊的台阶,走到街上。我们等他转弯后才离开。我们一路跑到玛丽·卢·芬尼家里。菲比坚持认为那位年轻男子想要偷袭我们。实话说,就像我说的那样,她的想象力超级丰富。

第九章

神秘的来信

在去往玛丽·卢·芬尼家的路上，菲比提醒我："玛丽·卢·芬尼的家人可不像我的家人那样有礼貌。"

"你是说哪方面呢？"我问。

"噢，你等下就知道了。"菲比说。

玛丽·卢·芬尼和本·芬尼都是我们的同学。起初，我以为他们是亲兄妹，但是菲比告诉我他们是堂兄妹，现在本·芬尼暂时借住在玛丽·卢·芬尼家里。显然，玛丽·卢·芬尼家里总是会有一个临时借住的远房亲戚。

芬尼家的确乱七八糟的。玛丽·卢有一个姐姐和三个兄弟。除此之外，家里还有爸爸、妈妈和本。足球和篮球在地上到处滚着，男孩们总是从楼梯扶手上滑下来，跳过桌子，满口食物就开始说话，不停地提问，还总是打断他人的讲话。

菲比环顾四周，对我悄悄地说："玛丽·卢的爸爸妈妈似乎不怎么管他们。"菲比说话有时候有些含蓄。

芬尼先生正穿着衣服躺在浴缸里看书。从玛丽·卢卧室的窗户往外看，可以看到芬尼夫人躺在车库顶上，脑袋底下枕着一个枕头。"她在干什么？"我问道。

玛丽·卢转头看向窗外。"万王之王！她在打盹儿。"

芬尼先生从浴缸里爬出来，走到屋外后院里，和玛丽·卢的两个兄弟丹尼斯和道格抛球玩。芬尼先生时不时大喊着："往那边！""球在那里！""快去！"

上周，我们学校有个校体育日，父母被邀请来观看孩子们的比赛。体育日那天还有一些为父母和孩子们准备的亲子游戏，比如"两人三足比赛"和"葡萄柚接力赛"。我爸爸来不了，但是玛丽·卢的爸爸妈妈都到场了，菲比的爸爸妈妈也去了。

菲比说："有时候这些游戏很幼稚，所以我的爸爸妈妈一般不愿意参加。"菲比的爸爸妈妈就站在一旁，芬尼先生和芬尼夫人就一直边跑边喊"在那边""快去"。在两人三足比赛中，芬尼的爸爸妈妈不停地摔倒。菲比说："不知道玛丽·卢会不会为她爸爸妈妈的表现感到尴尬。"

我并不认为这令人尴尬，相反我认为这样很好，但是我没有跟菲比说。我想也许在菲比的内心深处也觉得这样很好，也许她也希望她的爸爸妈妈能像芬尼先生和夫人那样吧。但是她不会承认的。从某种意义上来说，我喜欢菲比的这一点——她总是尽力维护她的家人。

在我和菲比见到那个像疯子一样的男人那天，也就是我们一起去玛丽·卢家的那天，发生了一些古怪的事情。我们坐在玛丽·卢房间的地上，菲比对玛丽·卢讲述我们见到的那个神秘的、像疯子一样的年轻男子。玛丽·卢的兄弟丹尼斯、道格和汤米在房间里冲进冲出，一会儿跳到床上，一会儿用水枪往我们身上喷水。

玛丽·卢的堂哥本躺在玛丽的床上，他用乌黑的眼睛盯着我，那双眼睛像闪着光的黑色唱碟放置在圆圆的碟片仓里，他黑色的睫毛又长又密，像羽毛一样，长睫毛的影子落在脸颊上。

"我喜欢你的头发，"他对我说，"你能坐在头发上吗？"

"如果我想的话当然可以。"

本从玛丽·卢的桌子上拿起一张纸，躺回床上，画了一只像蜥蜴一样的小动物，它的头发又黑又长，一直顺着背披到了屁股下面，然后屁股下面是一条有腿的椅子。他在这个小动物下面写上了：萨拉曼卡坐在她的头发上。

"很有趣。"菲比说。她走出了房间，玛丽·卢跟着她出去了。

我转过身，把画还给本，这时他突然靠了过来，嘴唇不小心撞到我的锁骨上。我的鼻子正好冲着他的头发，闻到了香香的葡萄柚味道。然后，他滚下床，抓住那张画，冲出了屋子。

他的嘴唇是碰了我的锁骨吗？如果是，为什么他要这么做？这个想法让我打了个冷战。难道我之前想象过这样的场景？也许他只是滚下床的时候不小心碰到了我而已。

从玛丽·卢家回来的路上，菲比说："你不觉得她家太吵了吗？"

"我不介意。"我回答说。说这话的时候，我突然想起爸爸曾经对妈妈说过的一句话："我们会生一屋子的孩子！孩子到处都是，会占满整个屋子。"但是他们没有生一屋子的孩子。屋子里只有我和他们，后来就只剩下我和爸爸。

我们回到菲比家时，她妈妈正躺在沙发上，拿着纸巾轻轻地擦着眼睛。"发生什么事情了？"菲比问。

"噢，没有，"温特博特姆夫人说，"没什么。"

菲比接着告诉她妈妈，早些时候，有一个像是疯子的人来找她。这个消息让温特博特姆夫人有点心烦意乱，她想知道他到底说了些什么，做了些什么，菲比又是怎么做的，所以一直问个没完没了。最后，温特博特姆夫人说："我们最好不要向你的爸爸提起这件事。"她迎上前，想拥抱一下菲比，但是菲比躲开了。

后来，菲比跟我说："真奇怪。我妈妈从不向我爸爸隐瞒任何事情。"

"也许她只是想保护你，不想你跟陌生人讲话而惹上麻烦。"

"我还是不想瞒着我爸爸。"菲比说。

我们走到菲比家门廊那里，在最高的那个台阶上摆着一个信封，信封上没有写收信人的名字，事实上上面一个字也没有。我还以为是粉刷屋子或者清洗地毯的宣传广告。菲比打开信封。"天哪。"她惊叹道。信封里面是一张小小的蓝色的信纸，信纸上有一句话，是打印出来的：

"不要随意评价别人，除非你穿上他的麂皮靴走过两个月亮。"

"好奇怪啊。"菲比说。

菲比把这封信递给了她妈妈，温特博特姆夫人紧紧地抓着自己的衣领。"给谁的信呢？"温特博特姆夫人问道。

温特博特姆先生提着他的高尔夫球杆从后门走了进来。"乔治，你看这封信，"温特博特姆夫人说，"会是给谁的呢？"

"说实话，我猜不到。"温特博特姆先生回答说。

"但是，乔治，为什么会有人给我们寄这样一封信？"

"我不知道，诺尔玛。也许不是给我们的。"

"不是给我们的？"温特博特姆夫人说，"但是它放在我们的台阶上。"

"真的，诺尔玛。有可能是给其他人的。也许是给普鲁登丝或者菲比。"

　　"菲比?"温特博特姆夫人问,"是给你的吗?"

　　"给我的?"菲比说,"我想不是。"

　　"那么,是给谁的呢?"温特博特姆夫人说。她极度焦虑。我想她肯定想到这封信是那个像疯子一样的男人放的。

第十章

万岁，万岁！

我刚跟爷爷奶奶说完那封神秘的信，爷爷就驶离了高速公路，他说他已经厌倦了毫无乐趣的高速公路。现在的公路，路前方中间的白线开始变得歪歪扭扭了。我们今天的目的地是威斯康星州的麦迪逊，奶奶说："我很同情温特博特姆夫人，她好像不太开心。"

"如果你问我的看法，我想说他们听起来都好奇怪。"爷爷说。

"当母亲不容易，总是进退两难，"奶奶说，"如果你有三四个——或者更多的——乖宝，你时时刻刻都会像热锅上的蚂蚁，所以你没有时间思考其他的事情。但如果你只有一两个孩子，事情又更艰难，因为你还有其他空余的心思——你会想要填满这些空当。"

"那么，还有确定的一点是——当父亲也不是件容易的事情。"爷爷说。

奶奶碰了碰他的手臂。"胡说八道。"她说。

我们一路左兜右转，终于看到了一个能停车休息的地方，另一辆车似乎也看到了，但是爷爷速度更快，一下就开进了停车位。那辆车的男司机气得挥舞着拳头，爷爷回敬他说："我是个老军人。看见这条腿没？德国榴霰弹留下的痕迹。我拯救了我们的国家！"

但是，我们没有零钱投放到停车收费表里，所以爷爷写了一张长长的便条，便条里说他是来自肯塔基州拜班克斯的游客，也是一名二战老兵，他的一条腿上至今还有德国榴霰弹留下的痕迹，并且还解释他在麦迪逊这个可爱的城市，尽管他没有零钱投放到停车收费表里，人们还是让他在停车位泊车。他把便条贴在了收费表盘上。

"您的腿上真的有德国榴霰弹留下的痕迹吗？"我问爷爷。

爷爷抬头看着天空说："真是美好的一天。"

显然，德国榴霰弹留下的痕迹是他想象的。有时候是我反应太慢，想不到这么多。爸爸曾经说我像一条鱼一样好骗。我一直以为他说的是"好吃"，我以为他的意思是我很"好吃"。

麦迪逊位于门多塔湖和莫诺纳湖之间，两条河顺流而下，形成很多小小的湖泊。湖周围有环湖骑行的、沿湖散步的、喂鸭子的、划皮划艇的和玩帆板的人，整座城市都像在度假。我从来没见过这样的情景。奶奶一直喊着："万岁，万岁！"

城市里有一部分地区是禁止汽车行驶的，那个地方真是人山人海，大家都在那里闲逛，吃冰激凌。我们走进"埃拉犹太熟食店"和各种冰激凌小店，吃了五香熏牛肉做的三明治和犹太莳萝泡菜，然后又吃了覆盆子冰激凌。我们又继续四处逛了逛，肚子又饿了，于是我们又去喝了柠檬茶，吃了蓝莓玛芬蛋糕。

　　但我总是能听到那一声声的低语："快点，赶紧，快点。"这声音从未间断。爷爷奶奶的动作真是太慢了！"我们现在可以走了吗？"我不停地问。但是奶奶都是回答："万岁，万岁！"爷爷回答的是："乖宝，我们马上就出发，马上！"

　　"你不想寄些明信片吗？"奶奶问。

　　"不，我不想。"

　　"你不想寄给爸爸？"

　　"不想。"我有我的理由。妈妈在旅行中给我寄了很多明信片，上面写着："我现在到了劣地公园，十分想念你！""这是拉什莫尔山，但是我没有看到任何总统的肖像，我只看到你的脸庞。"我收到的最后一张明信片是在我们发现她不再回来的两天之后。明信片是从爱达荷州的科达伦湖寄来的。明信片的正面是一片茂密的常青树林环绕着一片碧蓝碧蓝的湖泊，景色非常优美。明信片的背面，妈妈写着："明天我将到达刘易斯顿。我爱你，我的萨拉曼卡·树。"

　　终于，爷爷说："我虽然讨厌重新上路，但是我们的确浪费了不少时间。"

是的，我想，是的，是的，是的！

我起码祈祷了一千多遍，奶奶终于回到后座，开始打盹儿。接下来，我知道，爷爷会再次开车上路。"看这里，"他说，"是威斯康星州的德尔斯。"他把车开进了一个广阔的园区，说："要不你们两个进去走走看看？我想闭上眼休息一会儿。"

我和奶奶先跑到一个古堡里面去探险，然后我们坐在一片草地上，看着一群美国原住民在跳舞和打鼓。妈妈不喜欢"美国原住民"这个说法，因为听起来又生硬又过时。她说："我的曾祖母就是一个塞内卡印第安人，我感到很骄傲，她不是塞内卡美国原住民。'印第安人'听起来更勇敢、更优雅。"学校里，老师告诉我们需要使用"美国原住民"这个说法，但是我同意妈妈的说法，"印第安人"好听多了。我和妈妈都很骄傲于自己的印第安人血脉。她说这让我们学会感恩自然的馈赠，拉近了我们与土地的距离。

我躺倒在草地上，闭上眼睛，听着鼓点敲着"快

点，快点，快点"，舞者们唱着"快些，快些，快
些"。还有些人摇着铃铛，发出丁零零的声音，一瞬
间，我想到了雪橇上挂的铃铛。当我睁开眼睛时，奶
奶不见了。

我环顾四周，想要努力回忆起我们的车停在哪
里。我的目光穿过人群，回过头看向那片树林，抬起
头又看看小卖部。"他们走了，"我心里想着，"他们
把我给丢下了。"我从人群中挤了过去。

大家拍着手、敲着鼓。我被大家推着转来转去，
我已经记不清我从哪条路过来的。总共有三个指示牌
指向不同的停车场。鼓声震耳。我继续在人群中挤来
挤去，随着鼓点，他们拍手拍得更大声了。

这些印第安人站成了两个圆圈，一个套着一个。
他们上下跳着，男人们站在外圈，戴着羽毛头饰，穿
着短的皮革围裙，脚上穿着麂皮靴，这让我想到菲比
家门口的那封信，信上写着："不要随意评价别人，
除非你穿上他的麂皮靴走过两个月亮。"

在里面一圈，女人们穿着长裙，戴着珠串，手牵

着手围着一位穿着普通棉布裙的老妇人跳舞。老妇人头戴一个巨大的发饰，发饰滑向了她的前额。我凑近一看，中间的那个女人跳上跳下，脚上穿着白色平底鞋。鼓点之间，我听到她在嚷着："万岁，万岁！"

第十一章

退缩

第二天一早，我们就离开了威斯康星州，沿着明尼苏达州南部的边界线继续往前行驶，这里的山丘此起彼伏，茂密的树林紧紧地簇拥在路边，空气中能闻到松树的香气。

爷爷说："终于看到风景了！我爱有风景的地方。乖宝，你爱不爱呀？"

我只字未提前一天发生的事情——我没有告诉他们我怕得要命，我以为他们把我丢下了。我也不明白自己是怎么回事，自从四月份妈妈离开后，我就开始猜想："总有一天每个人都会离我而去。"

我很高兴可以继续讲菲比的故事，因为讲菲比的故事的时候，我不会乱想。

"菲比还收到过其他信吗？"奶奶问。的确收到过。接下来那个周六，我和菲比又去了玛丽·卢家，当我们从菲比家出发的时候，门前的台阶上又出现了一个白色的信封，里面装着一张蓝色的信纸，上面写着：

"每个人都有自己的议事日程。"

我和菲比仔细搜寻着那条街，没有看到任何送信人的影子。玛丽·卢认为这两封信（这次的信和上次的信）非常耐人寻味。"好兴奋呀！"她说，"我希望也有人给我送信！"

但菲比觉得这两封信实在是让人毛骨悚然。当然，令她害怕的并不是信的内容——信上压根儿没写什么吓人的内容——而是居然有人偷偷摸摸在她家附近踩点盯梢，还把这些信悄无声息地放在了台阶上，想想就让人觉得恐怖！只怕是有什么人一直在监视她家，时机一到就把信放在台阶上。菲比可真是个"担忧王"。

接下来，我们一直在努力思考这封信的意思。"好吧，"菲比说，"议事日程就是人们把开会时需要谈论的事情列出来的表——"

"也许这封信是给你爸爸的，"我猜，"他经常开会吗？"

"嗯，我猜是的，"菲比回答说，"他每天都很忙。"

"也许是他老板寄的，"玛丽·卢说，"也许你爸爸没有安排好会议。"

"我爸爸办事很有条理的。"菲比说。

"另外那封信呢？"玛丽·卢问，"不要随意评价别人，除非你穿上他的麂皮靴走过两个月亮。"

"我知道这句话的意思，"我说，"我爸爸经常说这句话。之前我以为是一双麂皮靴中有两个月亮，但爸爸告诉我，它的意思是不要随便去评价别人，除非你穿着他们的麂皮靴走过他们走过的路，除非你穿着他们的鞋子，了解他们的处境。"

"你爸爸经常说起这句话？"菲比问。

"我知道你的意思，"我说，"但我爸爸不会鬼鬼祟祟地留下这些信。信上的字迹也不是他的。"

这时本走进了房间，玛丽·卢便问他的看法。他从玛丽·卢的桌子上拿起一张纸，飞快地画了一幅漫画。这幅画倒真让我有点毛骨悚然，因为他所画的正是我脑海里的画面：一双麂皮靴装着两个月亮。

"也许，"玛丽·卢对菲比说，"你爸爸在工作中老是动不动就评价别人。他需要先穿着别人的麂皮靴走走路。"

"我爸爸没有动不动就评价别人！"菲比说。

"你不需要这么维护他。"本说。

"我没有维护他。我只是想告诉你们我爸爸确实没有动不动就评价别人。"

后来，我们去了杂货店。我本以为只有我、菲比和玛丽·卢三个人，但正要离开玛丽·卢家的时候，她两个兄弟汤米和道格非要跟着我们。最后临出发前，本也说要一起去。

"我都不知道你怎么能忍受。"菲比对玛丽·卢说。

"忍受什么？"

菲比指着汤米和道格，他们俩像上紧发条的儿童玩具一样，横冲直撞，一会儿发出飞机的声音，一会儿发出火车的声音，在我们之间来回奔跑，一会儿跑到我们前面，一会儿相互使绊子让对方摔倒，又哭又闹，最后又爬起来相互追着打，像无头苍蝇一样到处乱冲。

"我已经习惯了，"玛丽·卢回答说，"兄弟们经常会干些没头没脑的事。"

本一直跟在我后面，这让我感到局促不安。我不断地回头，想看看他跟在我后面搞什么鬼，但他只是面带微笑地跟着我。

突然，汤米冲过来撞到了我身上，我不由自主地向后倒去，本一把扶住了我。

他一把抱住了我，但即使我已经安全了，他似乎也没有要放手的意思。那会儿我又闻到了那股香香的葡萄柚的味道，感觉他的鼻子正压着我的头发。"放

手。"我说，但是他还是没有放开。我突然有种奇怪
的感觉，就像有小虫子在我的背脊上爬来爬去。不
过，这种感觉并不是恐惧，而是一种轻飘飘的、挠痒
痒似的感觉。我想他可能往我衣服里扔了什么东西。
"放手!"我嚷道，他终于放开了手。

说实话，倒是那个杂货店让我感到恐惧，也许
是我听菲比说了太多疯子和斧头杀手的故事。当时我
正和菲比在一起阅读杂志，但我总感觉有人在盯着我
们。我朝本站着的地方望去，他正和玛丽·卢一起忙
着找巧克力。被人注视的感觉并没有消失。于是我转
向了另一边，远远地发现了之前去过菲比家的那个年
轻男人。他似乎买了什么东西，正好在收银处付钱，
眼睛却紧张兮兮地一直盯着我们。我推了推菲比。
"噢，天啊!"她说，"是那个疯子。"菲比赶紧跑到本
和玛丽·卢那里，"看，快看，就是那个疯子。"

"在哪儿?"

"在收银处。"

"没有人啊。"玛丽·卢回答说。

"我没骗你们，他就在那儿，"菲比说，"我发誓他就在那里。不信，你们问萨拉。"

"没错，他刚刚还在那里。"我说。

后来，我们离开了玛丽·卢家，步行去菲比家。在路上，我们听到有人跟在我们后面跑了过来。菲比认为我们今晚注定是难逃一劫了。"搞不好那个疯子会先把我俩给敲晕，然后把我们丢到人行道上——"她说。

突然，我感到肩膀上放了一只手，吓得我张开嘴巴要大叫，但是我怎么也喊不出来。我的脑袋里一直响着一个声音："叫啊！叫啊！"但是我就是一丁点声音也发不出来。

但那个人是本。他问："我吓到你了吗？"

"这不是什么好玩的事情。"菲比说。

"我送你们回去，"本说，"以防有……有……疯子跟着你们。""疯子"两个字他说得很费劲。在回菲比家的路上，本说了一些奇怪的话。一开始，他说："也许你们不应该称他为疯子。"

"为什么不应该?"菲比问。

"因为疯子——疯子的意思是——听起来——噢,算了。"他突然不想解释了,而且有点尴尬,好像他不应该一开始就聊起这个。后来他问我:"你家里人从不触碰彼此吗?"

"你什么意思?"

"我只是好奇,"他说,"每当有人碰到你时,你都会退缩。"

"我没有。"

"你有。"他用手碰了碰我的胳膊。我必须承认,我本能地想要退缩,但是我控制住了。我假装没有留意到他的手,但是我背脊上的小虫子又开始爬了起来。"嗯,"像医生诊断病人那样,他说,"不错。"他收回手,接着问道:"你妈妈在哪里?"

我从没有对任何人提起过妈妈,甚至是菲比。只有一次,当菲比问起时,我只是回答说我们不住在一起。

本说:"我见过你爸爸,但是我从来没有见过你妈妈。她在哪儿?"

"她在爱达荷州。爱达荷州的刘易斯顿。"

"她在那儿干什么?"本问道。

"我不想回答。"我其实应该去反问他,他妈妈在哪儿。

他又想来碰我的胳膊,我本能地马上退缩,他说:"哈!这次被我抓了个正着!"

他的话勾起了我的思绪。我突然想起,也不知什么时候开始,爸爸便很少抱我了,也许是因为一有人碰我,我就躲开。我以前并不是这样的,那时候我的家人也总是喜欢相互拥抱。我和本还有菲比一起走着的时候,我想起了我九岁还是十岁的时候,有一次妈妈钻到我的被窝里,把我温柔地抱在怀里,说:"让我们造一只木筏,然后顺着河流一直漂下去。"我那时一直在想象那只木筏的样子,我相信有一天我们真的可以造一只木筏,一起顺着河流这么漂啊漂。但是她居然一个人去了爱达荷州的刘易斯顿。

本碰了碰菲比的胳膊,菲比也一下躲开了。"哈,"

本说，"发现啦。飞蜜，你也有点神经质。"

　　这也是困扰我的一个问题。我已经发现菲比一家子都紧张兮兮的，尽管他们一丝不苟，互敬互爱，但这种气氛真让人窒息。难道我也要变成这样吗？为什么他们会变成这样？好几次，我看见菲比的妈妈想要去拥抱菲比、普鲁登丝或者是温特博特姆先生，但他们都躲开了，他们似乎已经很成熟，不再依赖菲比的妈妈了。

　　我不知道我以前是不是也经常躲开妈妈的拥抱？她心里是不是也感到空落落的？这会不会是她离开的原因？

　　我们走到菲比家前面的马路上，本说："我想你们已经安全了。我走了。"

　　"走吧。"菲比说。

　　这时，一辆黄色汽车突然"吱嘎"一声停在我们所在的路边，是卡达瓦夫人，她的红色头发乱七八糟地随风飞舞着，她一边向我们招手，一边从车里拖出什么东西，扑通一声卸到人行道上。

"她是谁?"本问道。

"卡达瓦夫人。"

"卡达瓦?就是'死尸'那个词?"

"是的。"

"嘿,萨拉。"卡达瓦夫人在叫我。她在人行道上卸下了一个重重的袋子。本问她是否需要帮助。"天哪,你真的太有礼貌了。"卡达瓦夫人一边夸奖本,一边忽闪忽闪地眨着两只灰色的眼睛。

"千万别去她家,"菲比悄悄对本说,"我差点被她吓死。"

"为什么不能去?"本大声问道,卡达瓦夫人抬起头,惊奇地问:"什么?"

"噢,没事。"菲比说。

卡达瓦夫人说:"萨拉,你想跟来吗?"

"我要去菲比家。"我对她说,很开心自己找到了一个理由。

菲比的妈妈走到家门前。"菲比?你在干什么?你要回家吗?"

我们离开了本。刚走进菲比家的时候，我们看到本在人行道上拿起的东西——一把闪闪发亮的新斧头。

菲比的妈妈问："那是玛丽·卢的哥哥吗？是他送你们回来的吗？怎么没看到玛丽·卢？"

"我讨厌你总是一口气问三个问题。"菲比说。从窗户看过去，我们发现本正在费力地把斧头往卡达瓦夫人门前的楼梯上拖。菲比大喊："不要进去！"但是太迟了，卡达瓦夫人开了门，本走进了屋子，然后就不见了。

"菲比，你在做什么？"菲比的妈妈问道。

然后，菲比从口袋里拿出了我们今天在门口捡到的那封信，那封写着"议事日程"的信。"我在外面发现了这个。"菲比说。

温特博特姆夫人小心翼翼地打开信封，就好像信封里装着迷你炸弹一样。"噢，亲爱的，"她问，"这是谁的信？写给谁的？这封信是什么意思？"于是菲比向她解释什么是议事日程。"菲比，我知道议事日程的意思。我一点也不喜欢这封信。我只想知道是谁寄来的。"

　　我想菲比接下来应该会告诉她妈妈，我们今天在杂货店又见到那个疑神疑鬼的年轻男子了，但是菲比并没有提起这件事。晚点的时候，我看到本离开了卡达瓦夫人的家。他看起来毫发无损。

　　那天晚上我回到家的时候，爸爸正在车库捣鼓他的车。他弯着腰对着引擎，我一开始都看不到他的脸。"爸爸——如果你想去拥抱一个人，而那个人老是躲开，这代表什么？这个老是躲开的人会不会太拘谨、太生硬了？"

　　爸爸缓慢地转过身。他的眼睛红红的，有点肿，我猜他一定哭过。他满手油污，衣服上也沾满了油渍，但是他一把把我拥入怀中，这一回，我没有退缩。

第 2 篇

"没人能预测未来。
你永远不知道接下来会发生什么。"

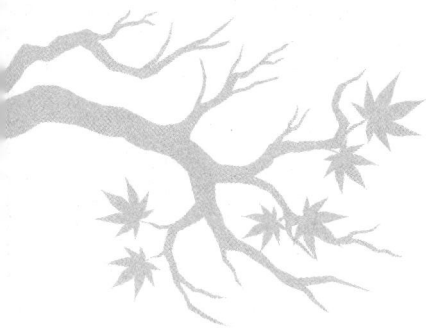

第十二章

婚床

我刚开始讲菲比的故事时，爷爷奶奶还算安静，他们静静地坐着，爷爷注视着前面的路，奶奶盯着窗外。时不时，他们会插一句"见鬼！"或者"开玩笑吧？"，但是，随着故事的深入，他们插嘴的次数也变得越来越多。

当我说起信上"每个人都有自己的议事日程"这句话时，奶奶用手拍打着仪表盘，说："难道不对吗！天哪！不就是这么回事吗？"

我问："您指什么？"

"每个人都有自己要面临的问题，有自己的生活，自己的烦恼，每个人所走的路是不一样的。我们总希望他人能够做出调整，迎合我们自己的议事日程。我们总希望他人能够'走进我的生活，关心我的问题，理解我的感受，要爱我所爱，忧我所忧'。"奶奶叹了口气。

爷爷挠了挠头，惊讶地说："你啥时候变成了一个哲学家？"

"关注你自己的'议事日程'吧。"她说。

后来，我告诉爷爷奶奶，本问了我妈妈的事情，但我只说妈妈在刘易斯顿，并不想说得太仔细。听到这儿，爷爷奶奶互换了一个眼神。爷爷说："有一次，我爸爸突然离开了六个月，没有告诉任何人他去了哪里。当我最好的朋友问起我爸爸在哪里时，我挥手就给了他一拳，正好打在他的下巴上。那是我最好的朋友，我居然给了他一拳。"

"你从没有跟我说过这件事，"奶奶说，"我希望他还了你一拳。"

爷爷指了指他牙齿中间的一个缺口。"看见没？他也一拳把我的牙齿打掉了。"

　　我告诉爷爷奶奶，本想碰我的胳膊的时候，我总是退缩。我还告诉爷爷奶奶，我回到家里，爸爸在车库为了安慰我，给了我一个大大的拥抱的事。这时，奶奶松了松她的安全带，转过身来，绕过她的座椅后背，拿起我的手，亲吻了一下。爷爷说："也帮我亲亲乖宝。"然后，奶奶又拿起我的手亲吻了一次。

　　有几次，当我讲到菲比故事中的那些疯子和斧头杀手时，奶奶就会说："我敢发誓，这些疯子和斧头杀手就像格洛丽亚，跟格洛丽亚一模一样。"有一次，她一说完这话，就看到爷爷一脸沉思的表情，奶奶便打趣："不要一提到格洛丽亚你就魂不守舍。我知道你在想什么。"爷爷说："乖宝，听听。这个傻老太婆好像知道我脑袋里所有的事情。她简直就是个万事通！"

　　我们马上就要到达南达科他州边境了，但爷爷想从北边绕个道，因为他看到一块路牌，路牌上写着明尼苏达州的派普斯通国家保护区，上面还有一幅图——一个印第安人在抽着烟斗。

"为什么要去看一个印第安人抽烟斗？"奶奶问道。她似乎比妈妈更讨厌使用"美国原住民"这个说法。

"我就是想看看，"爷爷说，"我们以后也许再也没有机会来这里了。"

"来这里看印第安人抽烟斗？"奶奶问。

"需要很长时间吗？"我很担心，因为空气一直在大声催促："快点，快点，快点。"

"乖宝，不会很久的。我们也需要冷却一下发动机。开了这么长的路，我也想上厕所了。"

绕道去派普斯通的途中，我们经过了一片凉爽、荫静的森林。如果你闭上眼睛，深吸一口气，你就能闻到肯塔基州的拜班克斯的味道。派普斯通是一个小镇。在小镇的任何一个地方，都能看到闲聊的人们：有的三三两两地站着，有的都挤在一个长椅上，有的则沿着街道优哉游哉地走着。

每当我们经过时，他们都会抬起头，真诚地看着我们的眼睛，跟我们打招呼："嘿"或"早安"。虽然"早安"这个说法有点过时了，但我们还是感到非常自在。这里和拜班克斯一样，所有人都会停下来和你打招呼，因为他们不但认识你，还把你当成老熟人。

我们来到了派普斯通国家保护区，看到几个印第安人正在采石场敲打石头。我问其中一个是不是美国原住民，他说："不是。我是一个印第安人。"我说："但你也是一个美国原住民吧？"他说："不，我是一个印第安人。"我说："我也是。骨子里就是个印第安人。"

我们看着其他几个印第安人用石头做烟斗。在烟斗博物馆里，比起一般的参观者，作为有着印第安血统的我们显然学到了更多有关烟斗的知识，体会也更深。在博物馆外面一块小小的空地上，一个印第安人正好坐在树墩上抽着一根长长的和平烟斗①。爷爷盯着那个人看了大约五分钟，然后问那个人能否给他

---

① 和平烟斗：北美印第安人在媾和时用一个烟斗轮流吸烟，表示和平、友善与亲善。

试试。

　　那个印第安人把烟斗递给爷爷，爷爷在草地上坐下来，抽了两口，又把它递给了奶奶。奶奶连想也没想就接过来抽了两口，一缕烟从奶奶的嘴巴里钻出来，形成一个圆圈，然后飘到了空中。我看着烟圈，也不知道为什么突然想起了妈妈。我不知道这两者之间有什么联系，但是大脑里一直有个声音在说："你的妈妈走了。"我看着烟圈渐渐淡去，消失在空中。

　　紧挨着烟斗博物馆的是一个商店，爷爷在里面买了两个和平烟斗，一个给了他自己，另一个说是要留给我。"这不是用来抽的，"他说，"是想拿回家做个纪念品。"

　　那天晚上，我们留宿在"印第安人乔的和平宫汽车旅馆"。在旅馆大堂的一个招牌上，"印第安人"几个字被划掉了，改成了"美国原住民"，这样连起来读就是："美国原住民乔的和平宫汽车旅馆。"房间里，毛巾上绣着的"印第安人乔的"也被黑色的记号笔改成了"美国原住民乔的"。我真希望大家能一开始就想好要写什么字，免得这样改来改去！

现在我已经习惯跟爷爷奶奶住一个房间了。他们每个晚上都会挨着彼此躺下，肩并肩地仰卧着。每个晚上，爷爷都会说同样的话："这虽然不是我们的婚床，但马上就是了。"

也许，对爷爷来说，全世界最珍贵的东西，除了奶奶，就是他们的婚床。

爷爷把他们在肯塔基州拜班克斯的床称为婚床。爷爷最爱说的一个故事就是——他和他的兄弟们都是在那张床上出生的，还有爷爷奶奶的其他孩子，也是在那张床上出生的。

爷爷每次讲这个故事的时候，都会先从他十七岁那年讲起，那时他和父母一起住在拜班克斯。那一年，他遇到了奶奶。奶奶正好在她阿姨家玩，和爷爷家只隔了一片草场。"我那时候有点狂傲，"爷爷说，"可以告诉你，我从来没有为哪个姑娘心动过。"总是姑娘们追着爷爷跑。但是，当爷爷见到了奶奶时——

年轻时候的奶奶有着一头缎子一样的秀发，在草地上跑起来，就像一匹漂亮的小母马——他终于遇到值得自己追求的人了。"讲到疯狂的事情，没人比得过你奶奶，桀骜不驯，不受管束，她是这个世界上最烈性、最美丽的生物。"

爷爷说，他就像一只可怜兮兮的老狗，追了奶奶二十二天，直到第二十三天，他才有胆子走到奶奶的爸爸面前，向奶奶的爸爸征求同意，问他是否可以求婚。奶奶的爸爸回答说："如果你能驯服她，能让她停下来，接受你，我想，你可以娶她。"

爷爷向奶奶求婚的时候，奶奶问爷爷："你有养狗吗？"爷爷回答是的。实际上，爷爷有一只又老又肥的比格犬，名字叫萨迪。奶奶又问："那萨迪睡在哪里？"爷爷似乎有点不知所措，语无伦次："说实话，萨迪就睡在我的旁边，当然如果我们结婚了，我——"

"你晚上回家的时候，"奶奶问，"萨迪会怎样迎接你？"

爷爷不知道奶奶葫芦里卖的什么药，只好老老实实地回答："它会跳到我身上，边叫边舔我。"

"那你呢？"奶奶说。

"噢，天哪——"爷爷说。他虽然不想承认，但是他还是说："我会把它放在我的大腿上，抚摩它，直到它安静下来。有时候我会唱歌给它听。不过你的问题让我感到自己很愚蠢。"

"我不是这个意思，"奶奶说，"我已经了解了我想知道的事情。如果你能那样宠爱你的狗，我相信你会更加地宠爱我。如果萨迪那么喜欢你，我相信我会比它更爱你。所以，是的，我愿意嫁给你。"

三个月后，他们结婚了。从求婚成功到结婚这短短的三个月里，爷爷在他爸爸以及兄弟们的帮助下在第一片草场背后的空地上建起了一座小房子。"时间不够，"爷爷说，"所以还没有完全建好。里面一件家具都没有，但是没有关系，我们婚礼当晚还是打算睡在那个房间里。"

爷爷奶奶的婚礼是在白杨树林里举行的，那是七

月一个清澈明朗的日子，仪式过后，所有的亲戚朋友
都在河岸边参加晚宴，爷爷突然发现他爸爸以及两个
兄弟没有来。他本以为他们要策划一个"威士忌"仪
式——这是印第安人独有的庆祝仪式，先由两个男人
把新郎"绑架"到树林里面，他们会在那里喝上一
瓶威士忌，一起玩一个小时左右才会回来，以此纪
念结束单身生活。但是他爸爸和两个兄弟在晚宴结
束之前回来了，他们没有"绑架"爷爷去喝威士忌。
爷爷还是很高兴，他说，他也希望自己当晚能保持
清醒。

晚宴结束了，爷爷把奶奶横抱了起来，穿过草
场往他们的新房走去。所有人都跟在他们身后，唱
着歌：

"噢，来见我吧，
在郁金香花丛里，
当郁金香盛开时——"

这是他们常常在婚礼结束，新婚夫妇离开时所唱的歌曲。这首歌真的有点滑稽，就好像爷爷奶奶将要离去，直到下一个春天，当郁金香花盛开时，他们才会回来一样。

爷爷抱起奶奶，一路穿过草场，穿过树林，最后来到了婚房前面的空地上。他抱着奶奶走进了房子，看到房子里的一切，爷爷忍不住哭了起来。

爷爷哭的原因是，当他抱着奶奶走进小屋时，他看到卧室中间放着他父母的床——爷爷以及爷爷的每一个兄弟都是在那张床上出生的，而且，这张床也是他父母唯一一直在睡着的床。这就是他爸爸和两个兄弟没来婚礼晚宴的原因！那会儿他们正把这张床搬进了爷爷奶奶的新家。床尾处是爷爷那只又老又胖的比格犬萨迪，它正摇着尾巴，呼哧呼哧地喘着气。

爷爷总是喜欢在这个故事的结尾加上一句："那张床陪伴了我整整一生，我去世的时候也一定要睡在那张床上，这样它就能知晓我的一切。"

　　所以，这次旅途的每个晚上，爷爷都会拍着汽车旅馆的床，说："这虽然不是我们的婚床，但是马上就是了。"我躺在旁边的那张床上，心里希望我也会拥有一张跟他们一样的婚床。

第十三章
跳来跳去的伯克威老师

是时候和爷爷奶奶说说伯克威老师了。

伯克威老师真是个超级奇怪的人。我不知道为什么他会这么奇怪，我猜他那个叫作脑袋的"阁楼"里很可能住着几只淘气的小松鼠。他是那种精力充沛的老师，酷爱他所教授的学科。上课的时候，他总是在教室里夸张地蹦来蹦去，挥舞着双臂，有时会捂住胸口，从你背后突然朝你撞过来。

他总是说："好极了！""妙极了！""棒极了！"他又高又瘦，一头浓密乌黑的头发让他看起来不修边幅，但他那双深棕色的大眼睛像母牛一样闪耀着温柔透亮的光芒，照亮了整个教室。当他回过头看着你的时候，你会觉得他天生就是一个倾听者，他站在那儿，就是为了听你倾诉，只听你一人倾诉。

第一堂课的后半截，伯克威老师要大家上交暑假日记。他在过道中间跑前跑后，忙着收日记本。"妙极了！"他夸奖每个交了日记的学生，这些日记好像是天赐神物一样。

我很焦急，因为我根本没有写日记。

而玛丽·卢·芬尼的桌子上放着六本日记。六本！"天哪！哎呀！这——简直是——莎士比亚吗？"伯克威老师惊讶地说，他数了数玛丽·卢桌上的日记本，"六本！好极了！棒极了！"

在教室的另一端，克里斯蒂和梅甘在交头接耳，不怀好意地看向玛丽·卢这边。这两个人自己搞了一个小团体，叫作GGP（不知道什么意思）。伯克威老师正要去拿那六本日记，玛丽·卢突然用手护住了她的日记本，低声说道："我不想您看这些日记。"

"什么？"伯克威老师咕哝着发出疑问，"不能看？"整间教室突然鸦雀无声。但伯克威老师还没等玛丽·卢反应过来，一眨眼就一把抽走了她的日记本，他说："别傻啦！太棒啦！谢谢！"

另一位同学贝丝·安看起来快要哭了。菲比朝着我使眼色，表示她也不想老师看她的日记。我想，他们都不希望伯克威老师看他们的日记。

伯克威老师在教室里走来走去，揪着空儿伸手去夺大家手里的日记本。亚历克斯·奇弗的日记本封面上贴满了篮球贴纸，克里斯蒂和梅甘的日记本封面上全是男明星的照片，本的日记本封面上是一个卡通男孩，男孩的头倒还是正常大小，但是四肢却像铅笔那么细，手和脚的旁边还有着潦草的字迹。

伯克威老师走到菲比桌边，拿起她的日记本，菲比的日记本很普通，平平无奇。伯克威老师正想要瞥一眼里面的内容，菲比吓得差点滑到椅子下面。"我没写很多，"菲比说，"实际上，我已经想不起我写了些什么。"

伯克威老师马上就要走到我的座位了，我紧张得心脏怦怦乱跳，像是要从喉咙里跳出来。"可怜的孩子，"伯克威老师说，"你都没有写日记。"

"我是新来的。"

"新来的？简直太好了，"他说，"世界上最美好的事物就是新同学！"

"所以我不知道要写日记。"

"别担心！"伯克威老师说，"我有办法的。"

我不知道他什么意思。我想，也许他会给我安排很多额外的家庭作业或者其他什么事情。那一整天，你都可以看到同学们左一群右一群地围在一起，总在互相打听："你日记里写我了吗？"我倒是很高兴，我什么都没有写。

有一阵子，我们再也没听到关于日记的事情。我们完全不知道这些日记在以后会给我们造成什么样的苦恼。

第十四章

杜鹃花

　　周六，我又去了菲比家。她爸爸要去打高尔夫球，她妈妈要上街买东西。温特博特姆夫人出门之前对着我们读了一条长长的清单，告诉我们她要去的每一个地方，以防我们有事会找她。她叮嘱我们，听到任何异常的声响，就立即给警察打电话。"给警察打完电话后，"温特博特姆夫人说，"再给卡达瓦夫人打，我想她今天在家里。她肯定会赶过来帮你们。"

　　"噢，没问题，"菲比一边回答，一边悄悄地对我说，"我才不想给她打电话呢！"只要有一丁点响声，菲比就怀疑是那个疯子想要偷偷溜进来，或者怀疑他又鬼鬼祟祟留下一封匿名信。她太神经质了，这让我也感到很不安。

温特博特姆夫人离开后，菲比说："卡达瓦夫人的工作时间很奇怪，是不是？有时候她一连七天晚上都在工作，大家起床的时候，她才一脸疲惫地回到家。但有时候她的工作时间又在白天。"

"她是护士，所以我猜她需要倒班。"我说。

卡达瓦夫人的确在家。透过菲比卧室的窗户，我们看到她一直在她的花园里闲逛。事实上，闲逛这个说法不够确切，她更像是在不停地忙碌。卡达瓦夫人把树枝从树上砍了下来，然后拖到后院的空地上，再把这些树枝和上周砍下的树枝堆到一起，堆成一堆。

"我说过，她强壮得像头公牛。"菲比说。

接下来，卡达瓦夫人对着一丛可怜的玫瑰花又是劈又是砍，那丛玫瑰花已经爬到屋子的墙上了。然后她又修剪了挨着菲比家后院的那片花篱。接着，她又继续忙着去整理杜鹃花，她这里修修，那里剪剪。这时，一辆车开进了她家前门的车道上。一个有着满头浓密黑发的高个子男人从车上跳下来，他看见卡达瓦夫人以后，几乎是三两步就跨到她身边，他们给了对方一个拥抱。

"噢，不。"菲比说。那个有着一头浓密黑发的男人正是我们的英语老师伯克威先生。

卡达瓦夫人指了指杜鹃花丛，接着又指了指斧头，但是伯克威老师摇了摇头。他走进车库，拿出两把铲子。然后，他和卡达瓦夫人一起又铲又挖，在那丛又老又可怜的杜鹃花周围挖出一条沟，最后杜鹃花都倒在一边。他们把倒下去的杜鹃花移到后院的另一端，那里有一堆土，他们又把一株株杜鹃花重新种到了那里。

"也许杜鹃花丛下面埋着什么东西。"

"比如？"

"比如卡达瓦先生——我以前就告诉过你。也许伯克威老师帮她把卡达瓦先生杀害了，然后埋了起来。也许他们现在害怕了，决定要遮掩事发地点，就把杜鹃花丛挪了过来。"我当时肯定是满脸怀疑的神情。菲比接着说："萨拉，你可不要把这件事说出来。

萨拉，我建议你和你爸爸再也别去卡达瓦夫人家了。"

我当然同意她的意见。我和爸爸曾经在她那里住过两晚，我简直是坐立不安。我留意到玛格丽特的房子里放着各种各样令人害怕的东西：面目狰狞的面具，年代久远的短剑，连书架上的书都是《莫尔格街凶杀案》《骷髅与斧头》这样恐怖的名字。玛格丽特有一次还把我堵在厨房的一个角落，问："你爸爸说过我什么吗？"

"没有。"我回答。

"哦。"她似乎有点失望。

在玛格丽特家，爸爸的行为总是很反常。原先在家里的时候，我经常看到他坐在床上，眼睛直愣愣地盯着地板，要不就在读以前的那些信，或者翻看以前的相册。他看起来既孤独又悲伤。

但是在玛格丽特家里，他总是面带微笑，有的时候甚至发出笑声。有一次，玛格丽特碰到了他的手，他就让她把手放在自己的手上。我不喜欢这样。虽然我不希望爸爸伤心，但他伤心的时候，我知道他在想妈妈。所以，我赞同菲比的建议，我和爸爸应该不要再去玛格丽特家了。

菲比的妈妈买东西回来了，她看起来很糟糕，不停地抽鼻子、擤鼻涕。

菲比跟她妈妈说我们要去做家庭作业了。在楼上，我说："也许我们应该帮你妈妈收拾一下买来的东西。"

"她喜欢自己收拾。"菲比说。

"你确定吗？"

"我当然确定，"菲比说，"我一出生就住在这儿，不是吗？"

"她看起来要哭了。也许发生了什么事情。也许有事情困扰着她。"

"你认为她会说吗？"

"也许她不敢说。"我回答。我觉得很奇怪，我都能轻而易举地看出菲比的妈妈心事重重，满怀悲伤，但是菲比却一点也没发现——或者说她早就发现了，却不愿意去理睬。也许她不想去关心这件事。也许这才是让人害怕的地方。

我在想，我是不是也曾经这样对待过妈妈。是不是有些事情我没有注意到？

那天下午晚些时候，我和菲比走下楼，看到温特博特姆夫人正在与普鲁登丝说话。"你是不是觉得我活得很卑微？"温特博特姆夫人问。

"你到底想说什么？"普鲁登丝一边剪着指甲一边问，"有卸甲水吗？"

菲比的妈妈从卫生间拿来一瓶卸甲水。

"噢！"普鲁登丝说，"幸好我还记得——你缝好我那条棕色裙子的裙摆了吗？我明天要穿。噢，那你帮我缝一下。"普鲁登丝把头转向一边，像菲比一样扯了扯自己的头发，努了努嘴巴，嘬了起来。

"普鲁登丝自己不会缝衣服吗？"我问。

"她当然会，"菲比说，"为什么这么问？"

"我只是好奇她为什么不自己缝裙子。"

"萨拉，你现在变得很爱评头论足。"

在我离开菲比家之前，温特博特姆夫人已经把普鲁登丝那条棕色裙子的裙摆缝好并递给了她。回家的路上，我一直在想着温特博特姆夫人，想着她说她活得卑微是什么意思。如果她不喜欢烘焙、打扫，以及跑来跑去取卸甲水，缝补裙摆，那她为什么要这样做？为什么她不告诉他们，自己的事情要自己做？也许她是害怕大家把事情做了她就无事可做了吧。也许没有人再需要她的话，她会变得没有存在感，没有人会注意到她。

晚上回到家里，爸爸给了我一个包裹。"玛格丽特给你的。"他说。

"是什么？"

"我不知道。你打开看看？"

包裹里面是一件蓝色的毛衣。我把它重新放回包裹里，上楼去了。爸爸跟在我后面。"萨拉？萨拉，你喜欢吗？"

"我不想要。"我回答。

"她只是想……她喜欢你。"

"我不在乎她喜不喜欢我。"我说。

爸爸站在那里，茫然地环顾了一下屋子。"我要跟你说说玛格丽特的事情。"他说。

"我不想听。"我感觉自己暴躁到了极点。当爸爸离开房间时，我甚至还能听到自己说的话在耳边回响："我不想听。"这跟菲比简直一模一样。

第十五章
水蝮蛇

　　这里的热浪简直远远超过了南达科他州。在苏福尔斯的时候，爷爷脱掉了他的衬衫。经过米切尔时，奶奶把裙子腰部以下的扣子解开了。刚过张伯伦，爷爷又绕道去了密苏里河。他把车停在一棵树下，在那里可以望到前面的沙滩。

　　爷爷奶奶甩掉了他们的鞋子。天气无比炎热。世界安静得只能听到一只乌鸦在河流上空的某处传来的叫声，还有远处的汽车沿着高速公路行驶的声音。炎热的空气扑面而来，我的头发就像一张热烘烘、沉甸甸的毯子垂在脖子和后背。酷热难耐，仿佛都能闻到高温烘烤岸边的石头以及沙土所散发出来的味道。

奶奶一把把裙子从头上脱了下来，爷爷则直接解开裤腰带，让裤子滑落到地上。

他们冲到水里开始互相踢水，用手捧起水直接扑到脸上，让水顺着脸颊流下来。他们蹚到了一个水刚没过膝盖的位置，直接坐了下来。

"乖宝，快过来。"爷爷叫我。

奶奶说："真开心！"

我来回打量着那条河。没有其他人。河水看起来凉爽清澈。爷爷奶奶坐在河边，咧嘴笑着。我蹚着水走到他们旁边，也坐了下来。这儿简直像仙境一样，清凉的河水波光粼粼，头顶上天高云淡，只有沙滩上的树木随着风在轻轻摆动着。

我的头发也随风飘动着。和我一样，妈妈也有一头乌黑亮丽的长发，但她在离开我们的一周前把头发剪短了。爸爸总是跟我说："萨拉，不要剪掉头发。请你不要剪。"

妈妈说："我知道你不喜欢我剪短头发。"

"蜜糖，我喜欢你的头发。"爸爸说。

我把妈妈的头发保存了起来。我把她掉在厨房地上的头发扫到一起，用一个塑料袋装了起来，藏到了卧室的地板下面。妈妈的头发现在还在那里，和她寄给我的明信片放在一起。

既然我现在和爷爷奶奶坐在密苏里河的河水边，我就让自己尽量不要去想那些明信片的事。我试着把注意力集中在高远的天空和清凉的河水上。一切都很完美，除了那只脾气暴躁的乌鸦。它不停地呱呱叫。"我们要在这里待很久吗？"我问。

不知道从哪儿蹿出一个男孩。爷爷先发现了他，悄悄对我说："乖宝，躲到我身后来。""你也是。"爷爷又对奶奶说。那个男孩其实不过十五六岁的样子，一头深色的头发，乱蓬蓬的。他穿着蓝色牛仔裤，没有穿上衣，露出棕色的胸肌。他手握一把长长的鲍伊猎刀，刀鞘绑在皮带上。他站在沙滩上爷爷脱掉的裤子旁边。

我想起了菲比，如果她在这儿，她会警告我们说："这个男孩肯定是个疯子，会把我们杀了的。"我真后悔我们在河边停了车，爷爷真应该谨慎一点。也许我现在真的有些像菲比了，时刻都能看到危险。

男孩一直盯着我们，爷爷主动和他打了个招呼："你好呀。"

男孩回答："这是私人地产。"

爷爷环顾四周："是吗？我没有看到任何标志。"

"这是私人地产。"

"真的吗？"爷爷问道，"这就是一条河。我从来没听说过哪条河流是私人地产。"

那个男孩捡起爷爷脱掉的裤子，把手伸进其中一个口袋，说："我所站的这一片区域是私人地产。"

这个男孩让我感到害怕，我真希望爷爷能采取什么行动，但是爷爷看起来非常淡定。他说话的语气让人觉得他好像对此毫不在乎，但是我知道他很紧张，因为他在我和奶奶前面不停地调整着步子，时刻准备着冲上前。

我在河边四处摸索，找到了一块扁平的石头，朝水面掷了出去。那个男孩盯着飞出去的石头，数了数，想看石头在水面上漂了几次。

这时，一条蛇沿着沙滩，突然溜进了水里。

"看见那棵树了吗？"爷爷指着男孩旁边一棵垂到水面的老柳树问。

"看见了。"男孩说着又把手伸向了爷爷裤子的另一个口袋。

"看见树上的那个节孔了吗？让你见识一下我们乖宝的命中率。"说完，爷爷向我眨了眨眼，他脖子上的血管暴起，你甚至可以看到血液从血管中流过。

我在河边四处摸索，找到了一块扁平的、锯齿状的石头。在拜班克斯的小水塘里，我打过千千万万次水漂。我把手臂摆到身后，用力把石头向那棵树掷去。石头正中目标，锋利的边沿嵌到了节孔里面。男孩停止翻找爷爷的口袋，直直盯着我。

奶奶突然发出"啊！"的一声，在水里扑腾了几下。她伸手从水里扯出一条蛇，疑惑地看了爷爷一眼。"这是一条水蝮蛇，对吗？"她问道，"它有毒，对吗？"那条蛇挣扎着，扭动着，伸长身子想往水里钻。"我感觉刚刚它咬了我的腿。"她惊讶地瞪着爷爷。

男孩站在岸边，手里拿着爷爷的钱包。爷爷一把抓住奶奶，把她抱到了岸上。"你能把蛇丢掉吗？"他对奶奶说，原来奶奶的手里还抓着那条蛇。他对我喊道："乖宝，快过来。"

爷爷把奶奶抱到岸边，男孩这时也走了过来，在奶奶身边蹲了下来。"真是太好了，你有刀。"爷爷一边说着，一边伸手去拿他的刀。爷爷在奶奶的腿上被蛇咬的地方划了一道口子，血一下子流到了她的脚踝。奶奶抬起头看着天空，我抓着奶奶的手。蹲在地上的爷爷正要去吸吮伤口，"我来吧！"男孩把他的嘴对着奶奶流血的伤口，不断地吸出血来，然后吐掉。奶奶的眼皮不停地抖动着。

"你能告诉我们医院在哪儿吗？"爷爷问。

男孩一边吐出嘴里的血，一边点头。爷爷和男孩把奶奶抬到车上，把她安顿在后排座位上，我赶紧跑到岸边去拿他们的衣服。奶奶的头枕在我的大腿上，她的双脚搁在男孩的大腿上。一路上，男孩还在不断地为奶奶吸吮伤口，然后吐掉吸出来的血，这期间还为我们指明医院的方向。

奶奶一直握着我的手。

爷爷仍然穿着他的平角短裤，湿淋淋的裤子还滴着水，他抱着奶奶冲进了医院。男孩也一直把嘴放在伤口上又吸又吐，没有停止。

奶奶当晚就住在医院里。那个男孩四仰八叉地躺在候诊室的椅子上，我递给他一张纸巾。"你的嘴边有血。"我说，又递给他五十美元①，"爷爷说是给你的。他的口袋里就只有这么多。他说谢谢你，他本来应该亲自来感谢你的，但是他不想丢下奶奶一个人在病房。"

他看了看我手中的五十美元，说："我不需要。"

"你随时可以离开。"我说。

"我知道。"他环顾了一下候诊室，然后看向别

---

① 美元：美国的官方货币和货币单位。——编者注

处，说，"我喜欢你的头发。"

"我想要剪掉它。"

"别剪。"

我坐在他身旁。

他说："其实那里不是私人地产。"

"我知道不是。"

后来，当我走进病房去看奶奶的时候，她已经盖好被子躺在病床上了，但脸色苍白，昏昏欲睡。爷爷躺在她的旁边，床很狭窄，爷爷只能侧身躺在被子上，用手摸着奶奶的头发。一个护士走进房间，不让爷爷睡在病床上，他只好照做。现在，他已经穿上了长裤，但是看起来憔悴极了。

我问奶奶感觉怎么样。她眨了几下眼睛，说："想小便。"

爷爷说："他们一定给她用了某种药物。她现在语无伦次。"

我弯下身子，对着奶奶的耳朵悄悄地说："奶奶，不要离开我们。"

"想小便。"奶奶说。

护士离开病房后，爷爷又重新爬上那张窄窄的病床，躺在奶奶身旁。他拍着那张床。"哎呀，"他说，"这不是我们的婚床，但它马上就是了。"

第十六章

"会唱歌的树"

第二天早上，奶奶出院了，原因是她的脾气太暴躁。爷爷本希望她在医院多住一天，但是奶奶从病床上爬起来，问道："我的裙子呢？"

"我猜这个爱闹脾气的女人要离开这里。"爷爷说。

我想，恐惧感让我们的脾气变得暴躁。我整晚都待在候诊室里。爷爷本想把我安排到汽车旅馆里，但是我害怕，万一离开医院，我就再也见不到奶奶了。我们在河边碰到的那个男孩蜷缩在手扶椅上，我想他应该也没睡着。其间，他打了个电话，我听到他说："是，我早上会回家。我和几个朋友在一起。"

　　早上六点，男孩把我叫醒了，告诉我奶奶好多了。他递给我一张纸："这是我的地址，以防万一你们需要我写些什么，或者找我有什么事。如果你们不需要，我也理解。"

　　我打开那张纸，问："你叫什么名字？"

　　他笑了起来。"噢，好吧。"他拿起那张纸，加上了他的名字：汤姆·弗利特。"再见。"他说。

　　在办出院手续的时候，我问爷爷奶奶要不要给爸爸打个电话。爷爷说："乖宝，我考虑过这个问题，但是打电话只会让他干着急。你不觉得我们应该到达爱达荷州后，再打电话给他可能更好？"

　　爷爷是对的，但我很失望。我已经下决心要打电话给爸爸了，我特别想听到他的声音，但是我又害怕我会要他赶过来接我回家。

　　医院外面，我听到小鸟啾啾的叫声，叫声很熟悉。我停下脚步，想听听声音究竟是从哪个方向传出来的。原来，停车场的周围是一圈白杨树，鸟叫声正是从白杨树的树冠处传来的。突然间，我想到了拜班克斯那棵"会唱歌的树"。

　　谷仓旁边是我最喜欢的糖枫树，糖枫树旁边是一棵高高的白杨树。很小的时候，我经常可以听到从那棵白杨树的树冠处传来的歌声，那是世界上最美妙的歌声，那不只是鸟叫声，是真真正正鸟的歌声，婉转动听。我在那棵树下消磨了很多时光，我一直希望能看一眼究竟是哪只鸟能唱出这么悦耳的歌曲，但我没有看到鸟，只看到树叶在微风中摆动。我一直站在那儿盯着树叶，渐渐地，我觉得似乎是树在唱歌。每次从那棵树旁经过，我都会听一听。有时候它在唱歌，但有时候没有唱。但是不管怎样，从那时起，我开始叫它"会唱歌的树"。

　　得知妈妈不再回来的那个早上，爸爸就出发去爱达荷州的刘易斯顿找妈妈。他让爷爷奶奶来家里陪我，我本来央求爸爸带我一起去，但爸爸说他不想我经历这些事。那天，我爬上了那棵糖枫树，一直盯着那棵"会唱歌的树"，等着它唱歌。我在那里待了一天，直到傍晚，那棵白杨树都没有唱歌。

　　傍晚的时候，爷爷在树下放了三个睡袋。我和爷爷奶奶在那里睡了一个晚上，但那棵白杨树还是没有唱歌。

　　在医院的停车场，奶奶也听到了歌声。"噢，萨拉曼卡，"她说，"一棵会唱歌的树！"她拽了拽爷爷的袖子。

　　"噢，这可是个好征兆，你不觉得吗？"

　　我们一路横跨南达科他州，朝着劣地公园的方向前进，那个低沉的声音不再催促"快点，快点，赶紧，赶紧"。那个声音现在变成了"慢点，慢点，慢点"。我也不知道为什么会这样。这似乎是种警告，但是我没有过多时间思考，因为我急切地想要继续说菲比的故事。

第十七章
人生道路

看到伯克威老师和卡达瓦夫人一起移走杜鹃花的几天后，我和菲比放学一起回家。菲比一路上都在闹脾气，一脸不高兴，就像一头跛脚的骡子，我实在不明白她为什么会这样。她老问我为什么没有跟我爸爸提起卡达瓦夫人和伯克威老师的事情。我告诉她，我还没找到合适的机会。

"你爸爸昨天就在那里，"菲比说，"我看见他了。他最好小心些。如果卡达瓦夫人杀害了他，你怎么办？你会搬去跟你妈妈一起住吗？"

她的问题让我感到很惊讶，同时也提醒了我，我还从来没有跟菲比说过妈妈的事情。"是的，我想我会去妈妈那儿，跟她一起住。"事实上，我很清楚这是不可能的，但出于某些原因，我不能告诉菲比实情，所以我撒了谎。

我们到达菲比家的时候，她妈妈正坐在厨房的餐桌边，面前摆着一盘烤焦了的布朗尼蛋糕。她吸了吸鼻子。"噢，亲爱的，"她说，"你吓到我了。你怎么样了？"

"什么怎么样了？"菲比问。

"怎么啦，亲爱的？我当然说的是上学怎么样。怎么样？今天上课情况还好吗？"

"还好。"

"只是还好吗？"温特博特姆夫人突然俯下身来，亲了亲菲比的脸颊。

"我已经不是小宝宝了，你难道不知道？"菲比一边说，一边用手擦了擦脸上被亲吻的地方。

温特博特姆夫人用小刀切开了布朗尼蛋糕，然后问道："想要来一块吗？"

"这都烤焦了，"菲比说，"还有，我太胖了。"

"噢，亲爱的，你不胖。"温特博特姆夫人说。

"我胖！"

"不，你不胖。"

"我胖，我胖，我胖！"菲比对她妈妈大声吼叫着，"你不需要为我烤东西。我太胖了。你也不需要在这里等我回家。我现在已经十三岁了。"

菲比冲上了楼。温特博特姆夫人给了我一块蛋糕，我在餐桌旁边坐了下来。

我在想妈妈离开前的那一天我所做的事情。我当时并不知道那是她在家的最后一天。那天妈妈问了我好几次想不想陪她去地里走走。外面飘着毛毛细雨，我又在整理书桌，我实在不想去。"晚点再去吧。"我一直推托着。她差不多问了我十次的时候，我不耐烦了："不去！我不想去。为什么你老是问个不停？"我不知道我为什么会那样说。我其实不是那个意思，但这是她对我最后的记忆，我希望可以收回这些话。

菲比的姐姐普鲁登丝突然冲进家门，她"砰"的一声把门重重地关上了。"我搞砸了，我知道我搞砸了！"她号啕大哭起来。

"噢，亲爱的。"温特博特姆夫人安慰她。

"我搞砸了！"普鲁登丝重复着，"搞砸了，搞砸了，搞砸了！"

温特博特姆夫人一边心不在焉地铲着烤焦的布朗尼蛋糕，一边小心地询问着普鲁登丝是否还有第二次啦啦队选拔的机会。

"有，明天还有。但我知道我又会搞砸它！"

她妈妈说："也许我明天会去看你选拔。"我发现温特博特姆夫人想方设法从强烈的悲伤中振作起来，但是普鲁登丝没有察觉到。普鲁登丝有自己的"议事日程"，就像我妈妈想让我陪她散步的时候，我也有我的"议事日程"，我也察觉不到她的悲伤。

"什么？"普鲁登丝说，"来看我选拔？"

"没错，不是很好吗？"

"不！"普鲁登丝说道，"不不不，你不能来。太糟糕了。"

我听到前门开了又关上，菲比走进厨房，手里拿着一个信封摇了几下。"你们猜我在台阶上找到了什么?"菲比问。

温特博特姆夫人拿起了那个信封,在手里翻来覆去地看着,然后慢慢地打开了信封,一封信滑了出来。

"噢,"她问,"这是谁干的?"她展开那张纸:

"人生道路中,什么才是最重要的事情?"

普鲁登丝说:"我当然有更重要的事情要操心,我保证有。但我知道我依然会搞砸啦啦队的选拔赛,我就知道!"

她一连说了好几遍,菲比打断了她,说:"哎呀,普鲁登丝,什么是你人生道路中最重要的事情?"

那一刻,温特博特姆夫人大脑里的开关似乎被关上了,她捂着嘴,两眼盯着窗外。但普鲁登丝和菲比完全没有看到,她们根本没有注意到她。

菲比问:"啦啦队选拔赛很重要吗?五年后你还

会记得这件事吗?"

　　"会的!"普鲁登丝说,"我肯定我会记得。"

　　"那十年后呢? 十年以后你还会记得吗?"

　　"会!"普鲁登丝说。

　　回家的路上,我一直想着那封信。"人生道路中,什么才是最重要的事情?"我一遍又一遍地重复着这句话。我很想知道那个神秘的送信人究竟是谁,我想知道哪些是人生道路中不重要的事情。啦啦队选拔赛肯定不重要,但是对妈妈大吼大叫呢? 这是不是人生道路中最重要的事情? 我唯一能确定的是,在我的人生道路中,妈妈的离开是一件很重要的事。

第十八章
好人

我得说说我爸爸。

我一直给爷爷奶奶说菲比的故事，却没有怎么提起过爸爸。他是爷爷奶奶的儿子，爷爷奶奶显然比我更了解他，就像爷爷说的那样，他是他们的生命之光。他们膝下还有过三个儿子，但都去世了。一个是被拖拉机轧死的，一个在滑雪的时候撞了树，最后一个是为了救自己最好的朋友跳入冰冷的俄亥俄河（那个朋友得救了，但是我叔叔没有生还）。

爸爸是他们仅存的儿子，但即使其他的儿子还活着，爸爸也仍然是爷爷奶奶的生命之光，因为他是一个善良、简单、诚实的好人。

我所说的简单不是头脑简单的意思，我指的是他喜欢朴实无华的东西。

他最喜欢的衣服是法兰绒衬衫和蓝色牛仔裤，他已经穿了有二十个年头。为了在欧几里得找到新的工作，他需要穿白衬衫和西服，这简直像要了他的命一样。

他喜欢农场，因为他可以呼吸户外的新鲜空气，他从来不戴工作手套，他喜欢触摸土地、木头和动物。搬家以后，让他感到痛苦的事情就是要待在办公室里工作。他不喜欢被关在封闭的空间里，触摸不到真正的大自然。

我们十五年来都开着同一辆蓝色的雪佛兰车。他无法舍弃这辆车，因为他触摸过、维修过车的每一寸地方。如果把车卖掉，就意味着有人把车拖去垃圾场，我想这是他无论如何也接受不了的。把车报废就等于把车丢到垃圾场，这是爸爸极度讨厌的事情。他经常在停废旧汽车的垃圾场里穿来穿去，东摸摸西摸摸，总是会买一些旧的交流发电机和化油器，把它们清洗干净，让它们重新派上用场。爷爷对汽车部件简直一窍不通，所以他觉得爸爸简直是个天才。

妈妈说得没错，爸爸是个好人。他总是事无巨细，让人感到很温暖，很开心。妈妈因此很烦恼，她希望能像爸爸一样，但她没有这样的天赋。如果爸爸在田里看到奶奶喜爱的花丛，他会把整个花丛都挖出来移植到奶奶的花园里去。下雪的时候，他会在大清早起床，远远地赶到爷爷奶奶家，然后把车道的雪给清理掉。

如果他正好去镇上买农具，他会给我和妈妈都带点礼物。都是些小礼物——一条棉围巾、一本书或是一块玻璃镇纸——但不管买什么，他都能买到你中意的东西。

我从没见过他生气。"我有时候甚至怀疑你不是人类，是人总要生气啊！"妈妈对他说。妈妈离开之前对爸爸说的也正是这样的话。这让我感到困惑，就好像她希望爸爸变得小气，变坏一些。

她离开的前两天，我第一次听到她说要离开这件事，她说："经过比较，我才知道自己烂透了。"

"蜜糖，不是那样的。"

"你没发现？"她问，"你没发现？为什么你就没发现我真是烂透了？"

"因为你没有。"爸爸回答。

她说她要走，要把所有不开心的事情从大脑和心里面清空。她需要了解清楚自己究竟是怎样的一个人。

"蜜糖，在家也可以了解自己呀。"他说。

"我需要独自一人，"她说，"不然我无法思考。我在这里看到的只是我的缺点。我不勇敢，我不够好。我希望大家能叫我的名字。我的名字不是蜜糖。我的名字是尚哈森。"

她身体不太好，曾经严重地抽搐过几次，这是事实。但我不理解为什么她跟我们在一起就不能变好了。我央求她带我一起走，但她说我不能辍学，爸爸也需要我，还有，她必须一个人走。她必须这么做。

我以为她会改变主意，或者至少告诉我她什么时候离开。但是她没有。她给我留下了一封信，信中解释说，告别太痛苦，而且听起来像是永远不见。她希望我知道，每分每秒，她都会想着我，等到郁金香盛开的时节，她就会回来。

妈妈的离开让爸爸痛不欲生，但是爸爸表面上还是一如往常地生活着，吹着口哨，为家人们找寻小礼物。爸爸还在坚持为妈妈带礼物，把带回的礼物都堆在他们的卧室里。

当他发现妈妈再也不能回家的那天，他乘飞机去了爱达荷州的刘易斯顿。回来后整整三天里，他都在家里凿那面石膏墙，最后发现了墙后面那个隐藏的壁炉。一些砖块之间需要重新灌浆，他在新的水泥墙上刻上了妈妈的名字，写的是尚哈森，而不是蜜糖。

三周以后，爸爸开始出售农场。那时候，他就开始不断收到卡达瓦夫人的来信，我知道爸爸还回了信。之后他还把我送到爷爷奶奶那里，开车去见了卡达瓦夫人。回到家之后，他说，我们要搬去欧几里得，卡达瓦夫人已经帮他找到了一份工作。

　　我不知道爸爸究竟是怎么认识卡达瓦夫人的，也不知道他们认识了多久。我只想对她视而不见。而且，我当时简直是被气疯了，大发脾气。我拒绝搬家，我拒绝离开我们的农场、我们的糖枫树、我们的小水塘、我们的猪、我们的鸡和我们的干草棚。我不想离开这个地方，我相信妈妈总有一天会回到这里。

　　一开始，爸爸没有争辩，他由着我像一头发疯的野猪一样发怒撒泼。后来，他把"出售"的牌子摘下，换上了"出租"的牌子。他说他会把农场租出去，雇一些人来照看动物和庄稼，然后到欧几里得租一个房子。农场还是属于我们，有一天我们还是能够回到这里。"但现在，"他说，"我们必须离开，因为到处都是你妈妈的影子，田野里、空气中、谷仓里、墙上、树上、白天和晚上都有她的影子。"他说我们要走出这一步，学习勇敢和坚强。这个说法听起来倒是太熟悉不过了。

　　最后，我筋疲力尽，停止了发怒和撒泼。我没有帮忙打包任何行李，只是在临走的时候爬进车里，和爸爸一起来到了欧几里得。我一点都没有觉得勇敢，也没有觉得无所畏惧。

我跟爷爷奶奶说菲比的故事的时候，完全没有提到这件事。他们该知道的都知道了。他们知道爸爸是个好人；他们知道我不想离开农场；他们也知道爸爸认为我们必须离开；他们还知道爸爸多次尝试向我解释玛格丽特的事情，但是我不想听。

那是人生中最漫长的一天，我和爸爸离开了农场，开车来到了欧几里得。有时候我真希望爸爸不是这样的一个好人，这样我就可以把妈妈离开的原因归咎到他身上。我不想怪妈妈。她是我的妈妈，是我的一部分。

第十九章
缘木求鱼

　　奶奶问："佩比的故事讲到哪儿啦？发生什么事情了？"

　　"傻老太婆，怎么就忘了？"爷爷问，"难道蛇咬坏了你的脑子？"

　　"没有，"她回答，"蛇没有咬坏我的脑子。我只想刷新一下我的记忆。"

　　"我来想想，"爷爷说，"应该是讲到了佩比想让你把卡达瓦夫人和伯克威老师杀害她丈夫的事情说给你爸爸听，对吗？"

　　是的，菲比想要我这么做，我也想告诉爸爸。一个周日，爸爸正在翻相册找照片，我问他了不了解卡达瓦夫人。他飞快地抬起眼睛看着我。"你准备好要谈玛格丽特的事了?"他问。

"嗯。有几件事情我想提醒你。"

"我一直想跟你解释。"爸爸说。

我马上抢先打断了他,因为我不想听他解释,而是想警告他:"我和菲比看见她在后院砍削那些花丛。"

"这有什么问题吗?"他问道。

我只能试试别的。"她的声音像秋天的落叶被风从地面上卷起来的声音,她的头发很怪异。"

"我明白了。"爸爸说。

"还有个男人去了她家里。"

"萨拉,听起来好像你在监视她。"

"还有,我想我们不应该再去她家了。"

爸爸摘下他的眼镜,在衣服上擦了又擦,五分钟过去了他才说话:"萨拉,你这是缘木求鱼。你的妈妈不会回来了。"

他的意思好像是说,这一切似乎只是出于我对卡达瓦夫人的嫉妒。面对爸爸如此淡定的目光,我和菲比所说的关于卡达瓦夫人的一切似乎都是荒谬的。

"我想解释一下玛格丽特的事情。"爸爸说。

"噢，别在意。就当你从没听我提起过她。我不需要任何解释。"

后来，在做家庭作业的时候，我开始不由自主地在英语书的边缘乱写乱画。我画了一个眼神恶毒、头发乱糟糟的女人，在她脖子上画上一根绳子。我又画了一棵树，最后，把绳子系在了那棵大树上。

第二天在学校，就在伯克威老师满教室乱蹦乱跳的时候，我开始仔细端详他。如果他是杀手，他肯定是一个热情活跃的杀手，我之前一直把杀手想象成闷闷不乐、面色阴沉的人。不管怎么说，我希望伯克威老师爱上了玛格丽特·卡达瓦，娶了她并带她远走高飞。这样一来，我和爸爸就可以回到拜班克斯了。

最令我惊讶的是，伯克威老师让我越来越想妈妈——至少是还没有陷入悲伤的妈妈。因为伯克威老师和妈妈一样思维活跃，对文字和故事满怀兴奋，或者说是激情。

那天，伯克威老师讲的是希腊神话，我听着听着便开始做白日梦了。我梦到妈妈，她喜爱看书，她喜爱大自然里所有的一切。她喜欢在兜里装上口袋书，有时候我们会去野外，她会一下子躺倒在草地上，开始大声朗读。

妈妈特别喜欢印第安人的故事，她知道雷神、地球之神、聪明的乌鸦、狡猾的郊狼和影子灵魂的故事。她最喜欢的是关于人死后会变成一只鸟、一条河或者一匹马又重新回到自己的世界的故事。她甚至知道一个关于一个老战士死后变成一颗土豆归来的故事。

所以那节课我什么也没听到，除了伯克威老师最后说："对吗？菲比，你睡着了吗？你第二个做报告。"

"报告？"菲比说。

伯克威老师一把捂住自己的胸口。"本要在周五做一个关于普罗米修斯的报告。你要在下周一做一个关于潘多拉的报告。"

"我怎么就这么走运呢？"菲比小声嘀咕着。

伯克威老师叫我下课后留一下。菲比挤眉弄眼地警告我。等所有人都离开教室后，菲比说："如果你需要，我就留下来陪你。"

"为什么？"

"因为他把卡达瓦先生杀害了，这就是原因。我想你不能和他单独在一起。"

他没有伤害我。相反，他给我布置了一个特殊的作业——写一篇"迷你日记"。"我不知道什么是迷你日记。"我说。菲比紧紧挨着我的肩膀，我都能感觉到她的呼吸。伯克威老师说，我可以写一写自己感兴趣的事情。

"比如？"我问。

"噢，一个地方、一个房间、一个人——不要太担心，想到什么就写什么。"

我跟菲比、玛丽·卢和本一起走回家。我的脑子里一片混乱，而且每次本走路碰到我胳膊的时候，我还要控制自己不要退缩。后来，我们和本还有玛丽·卢分开，转弯走到菲比家的那条路上，我没有太留心——我想我当时应该感觉到有人沿着人行道往我们这个方向走来，但直到这个人走到我们跟前大概三英尺①的地方，我才真正注意到他。

是菲比口中的那个疯子！他向我们走来，直直地盯着我们。他直接在我们前面停下，挡住了我们的路。

"你就是菲比·温特博特姆？"他问菲比。

菲比的喉咙发出了一点声音，但我只听到极其细小的一声"嗯——"。

"怎么了？"他问道，并把手伸进了口袋里。

菲比猛地推了他一下，一把抓住我的手，跑了起来。"噢，天哪！"她说，"噢，天哪！"

谢天谢地！我们马上就跑到菲比家了，如果他在光天化日之下袭击我们，菲比的邻居会发现我们，至少可以在我们失血过多死掉之前把我们送到医院。现在我开始相信他是一个疯子了。

菲比用力去拉她家门把手，但是门锁了。菲比用

---

① 英尺：英美制长度单位。1 英尺等于 12 英寸，合 0.3048 米。——编者注

力捶着门，她妈妈突然把门打开了。菲比看起来面色惨白，异常恐惧。

"门锁了！"菲比问，"为什么锁门？"

"噢，亲爱的，"温特博特姆夫人回答道，"只是……我是想……"她瞅了瞅我们四周，又来回看了看那条街。"你们有没有见到什么人？有人吓到你们了吗？"

"是那个疯子，"菲比说，"我们刚刚碰到他了。"她上气不接下气地说："也许我们应该报警，或者告诉爸爸。"

我一直看着菲比的妈妈。她似乎不愿意报警或者告诉温特博特姆先生。我想她应该比我们更害怕。她在家里走了一圈，把所有门都锁上了。

当晚再没有发生其他事情。我回家的时候，那个疯子似乎没有再引起恐慌了。没有人报警，据我所知，温特博特姆夫人甚至还没有把这件事告诉温特博特姆先生。但是在我离开菲比家之前，菲比对我说："如果再看到那个疯子，我自己会报警的。"

第二十章

黑莓之吻

　　那天晚上，我开始试着写伯克威老师要求的那篇迷你日记。最开始，我列了张表，把我最喜欢的东西写了下来，所有的东西都在拜班克斯——树、奶牛、鸡、猪、田野，还有小水塘。都是一些杂乱无章的东西，我本想从这些东西中挑一个来写，但最终写了妈妈，因为所有的一切都与她相关。最后，我写了黑莓之吻。

　　一天，我正好起了个大早，看见妈妈正朝山上的谷仓走去。清晨的雾气还未散去，小鸟在屋旁的橡树上叽叽喳喳地叫个不停，妈妈当时正怀着孕，她挺着大肚子，慢慢地向山丘走去，一边甩着胳膊，一边愉快地唱着歌：

> "噢，不要爱上水手，
> 水手，水手——
> 噢，不要爱上水手，
> 因为他会把你的心带去大海——"

　　走到谷仓的转角，也就是糖枫树那儿的时候，她在那里的灌木丛中采了几颗黑莓，扔进了嘴里。她悄悄环顾四周——她先是回头看了看身后的房子，然后目光穿过田野，再移到头顶的树冠。她快速走了几步，来到了糖枫树的旁边，她用手抱住树干，给了那棵树一个大大的吻。

　　那天晚些时候，我还专门去仔细地检查了那棵树的树干。我试着去抱住树干，但是它比我在窗户里看到的大多了。我抬起头想寻找树干上被妈妈亲过的地方。我当时很可能就是这样想的：我觉得我能发现一抹黑色的痕迹，一个黑莓之吻，来自妈妈吃过的黑莓的嘴唇。

我把耳朵贴在树干上静静地聆听。然后，我端端正正地对着那棵树，也重重地亲了那树干一口。直至今日，我还能记得树皮的那股味道——木头的香甜味——还记得树皮粗糙的纹路，还有残留在嘴里的独特味道。

在我的迷你日记里，我承认我亲吻过各种各样的树——橡树、糖枫树、榆树，还有桦树——每种树有不同的味道，但所有这些味道中都混杂着一丝黑莓的味道，这是我无法解释的。

第二天，我把这篇迷你日记交给伯克威老师。他甚至都没有读一下或者看一眼，就直接夸奖道："棒极了！妙极了！"然后他就把我的本子塞进了他的公文包。"我会把它和其他日记本放到一起。"

菲比问："你有没有写到我？"

本也问："你有没有写到我？"

伯克威老师在教室里满怀激情地走来走去，对他来说，教书就像他到了乐园一样快乐。他读了一首 E.E. 卡明斯的诗，诗的标题是"那只小马是亲斤生的"，之所以"新"这个字写成了"亲斤"，是因为卡明斯先生喜欢这样做。

"他可能根本没有读过书。"菲比说。

在我看来，"斤"字看起来像一匹刚出生的小马用纤细的腿支撑站立着。

这首诗是关于"亲斤"出生的小马。它对周围的事物还一无所知，但是它却能感受到一切事物，它住在一个"光滑且完美折叠"的世界里。我喜欢这个说法。即使我不确定这究竟是什么意思，但是我喜欢这个说法。一切听起来又柔软又安全。

那天，菲比提早离开学校去看牙医了。我独自一人回家，但是后来，本跟了上来。我对那天回家路上所发生的事情毫无准备。刚开始我们只是一路走着，然后他问我："你看过手相吗？"

"没有。"

"我知道怎么看，"他说，"想让我帮你看看吗？"他不由分说地拿起我的手，一直盯着看了很久很久。

他的手又软又温暖，我的手心却疯狂出着汗。他一边用手指划着我的手纹，一边发出"嗯嗯"的声音。我的身体开始发抖，但不是出于害怕。相反，阳光暖暖地铺在身上，我很想就一直站在那里，让他的手指划着我的手纹，直到永远。我想到那匹"亲斤"出生的小马，它什么都不知道，但是它能感受一切。我想起了那个"光滑且完美折叠"的世界。最后，本问："你想先听好消息还是坏消息？"

"坏消息吧。万一坏消息并不坏呢，对吧？"

他咳了一声。"坏消息就是我根本不会看手相。"（我一把抽走了我的手。）"但是你不想听听好消息吗？"他问。（我开始走开。）"好消息就是我握着你的手差不多五分钟了，你都没有中途缩回。"

我不知道他是怎样的人。虽然我拒绝和他说话，他还是坚持送我回了家。他一直在门廊处等我，直到我出发去菲比家，他也一路陪着我去。

我开始敲菲比家门的时候，本说："我现在要走了。"我飞快地回头看了他一眼，然后转回大门的方向，就在我转头的那一瞬间，他突然俯过身来，我非常确定的是——他的嘴唇碰到了我的耳朵。我不知道他想干吗。事实上，我都不能确定这真的发生了，因为我还没来得及反应过来，他已经跳下台阶走了。

门慢慢打开了，露出了菲比圆圆的脸，你完全想象不到那张脸有多白、多恐惧。"快，"她说，"进来。"她带我进了厨房。厨房的餐桌上放了一个苹果派，旁边有三个信封：一封给菲比的，一封给普鲁登丝的，另一封是给她爸爸的。

"我打开了我的。"菲比说着，把信递给我。信上写着："把门关好，如有任何需要，打电话给爸爸。菲比，我爱你。"签名：妈妈。

我没有想太多。"菲比——"我正要说话。

"我知道，我知道。这听起来并不吓人。事实上，我最开始的想法是，'好的，她知道我已经长大了，可以独立了'。我猜想她应该是出去买东西了，或者她决定要回去工作，尽管她要到下周才会回到罗基的橡胶店。但是普鲁登丝回来，打开了给她的那封信。"

菲比让我看她妈妈留给普鲁登丝的信。信上写着："请先加热意大利面的肉酱，再用沸水煮意大利面。普鲁登丝，我爱你。"签名：妈妈。

我依旧不以为意，但是菲比一直忧心忡忡。普鲁登丝煮好了意大利面，我帮着菲比摆好了桌椅。我和菲比甚至还做了一个沙拉。"我没有感觉到所谓的独立。"菲比说。

菲比的爸爸回到家后，菲比把他的信递给了他。他打开信，坐下来，盯着那张纸。越过她爸爸的肩膀，菲比大声读着信上的内容："我必须离开。我无法解释。几天之后我会打电话给你们。"

我的心一直向下沉。

普鲁登丝一连问了几百万个为什么。"她是什么意思？离开去哪里？为什么不能解释？她为什么不告诉你？她之前提到过吗？几天？她去了哪里？"

"也许我们应该报警，"菲比说，"我想她是被绑架了。"

"噢，菲比。"温特博特姆先生说。

"我是认真的，"她说，"也许有疯子进了屋把她绑走了。"

"菲比，不要开玩笑了。"

"我没有开玩笑，我是认真的，这真的有可能。"

普鲁登丝还在不停地问："她去了哪里？为什么她没有提过这件事？她没有告诉你？她到底去哪里了？"

"普鲁登丝，我真的不知道。"她爸爸说。

"我想我们应该报警。"菲比不断地说。

"菲比，如果你妈妈被绑架了，那个疯子——像你说的那样——会让她坐下来写这些信吗？"

他站起来，脱掉外套，说："我们吃饭吧。"

我走的时候菲比对我说："我妈妈不见了。萨拉，不要告诉任何人。对任何人也不能说。"

我回到家，爸爸正趴在相册上。要在过去，每当我进入房间时，他会很快地把相册合上，好像被发现看相册是件很丢人的事情。不过后来，他就懒得去合上相册了，好像是他没有勇气这样做。

他打开的那一页是一张爸爸妈妈的合影，他们坐

在糖枫树下的草地上，爸爸搂着妈妈，妈妈小鸟依人
地靠在爸爸怀里。爸爸的脸紧挨着妈妈的脸，他们的
头发都连在了一起。他们看起来就像全身都连在一起
一样。

"菲比的妈妈走了。"我说。

爸爸抬起眼睛看着我。

"她留下几封信，说她会回来，但是我不相信。"

我走上楼，想继续写我的神话报告。爸爸走到门
口，说："人总是会回来的。"

现在我能理解他只是说说而已，不过是想要安慰
我，但是那时候——那个晚上——我听他说这句话的
时候，我却信以为真，把它当成了我最后的希望，这
也让我一直祈祷会有奇迹发生，妈妈总有一天会回
来，我们会回到拜班克斯，所有事情一如往常。

第二十一章
灵魂

　　第二天上学，菲比一直保持着一个表情——僵硬、勉强的微笑。她极力保持这种表情肯定很难受，因为快上英语课的时候，我发现她的下巴已经开始在微微地颤抖了。她一整天都很安静，除了我以外，她没跟任何人说话，她跟我说的唯一一句话就是："明天晚上住我家！"这不是询问，而是命令。

　　英语课上，伯克威老师让我们先做一个小练习，就是在十五秒之内以最快速度、不假思索地画一幅画，他要等所有人都准备好之后才会告诉我们需要画什么。"记住，"他叮嘱我们，"不要思索，直接画就是了。十五秒，准备好了吗？请画出你的灵魂，开始！"

刚开始我们还全都傻傻地看着他，但他表情严肃，而且正低头看着手表。这样白白浪费了五秒钟后，大家才真正开始下笔。我没有思考，事实上我也没有时间思考。

等到伯克威老师大喊"停笔"的时候，所有人都抬起头，一片茫然。不过等我们低头看到自己所画的画后，教室里瞬间开始叽叽喳喳了，我们为自己用铅笔画出来的东西感到吃惊。

伯克威老师飞快地走过来收走了大家的画纸，打乱顺序后把它们一一钉在黑板上。他说："现在我把所有人的灵魂都抓住了。"

大家连忙挤上前去看。我注意到的第一件事就是，每张画都有一个核心图形——心形、圆形、正方形或是三角形。这太不正常了，我的意思是，为什么没人画一辆公共汽车、一架宇宙飞船或是一头牛呢？所有人都画着类似的几种图形。接下来我注意到，每个图形内部都有着不同的设计。一开始，好像每个人的设计都不同：有画十字的，有随便涂鸦的，有像眼睛的，有像嘴巴的，还有像窗户的。

　　有一幅画的图形里面是泪珠，我想那肯定是菲比的。接下来，玛丽·卢惊呼道："快看！有两幅一模一样的！"人群中顿时炸开了锅："天啦！""哇！""这两幅画是谁的？"

　　那两幅一模一样的画是这样的：一个圆中间画着一片大枫叶，枫叶的每个尖角都正好触到了圆的边缘。其中一幅是我的，另外一幅是本的。

第二十二章
证据

第二天晚上，我住在菲比家，但我睡不着，因为
她一直在说："听见什么声音了吗？"她总是跳起来往
窗外张望，生怕那个疯子又跑来抓我们。有一次，她
正好看见卡达瓦夫人打着手电筒站在花园里。

我后来肯定是睡着了，因为我被吵醒时，菲比正
在梦里大声哭喊。我叫醒她，她却不承认："我没哭
啊。我肯定没哭。"

早上，菲比不愿意起床，直到她爸爸来房间里喊
她上学。他脖子上挂着两条领带，手里拿着鞋，对菲
比说："菲比，你上学要迟到了。"

"我生病了，"菲比回答说，"我发烧了，肚子

也疼。”

她爸爸把手放在菲比的额头上，直视着她的眼睛，说：“恐怕你必须去上学。”

“我真的生病了，而且，”她说，“可能是癌症。”

“菲比，我知道你很难过，但除了等待，我们没有别的办法。日子总要过下去，我们不能诈病。”

“我们不能干吗？”菲比问道。

“诈病。字典在这儿，自己查。”他从桌子上拿起一本字典丢给菲比，就急忙跑回客厅了。

“我妈妈不见了，我爸爸居然给了我一本字典。”菲比说。她查到了“诈病”这个词，词的定义如下：以假装生病逃避责任或工作。菲比猛地把字典合上，说：“我才没有诈病！”

这时，普鲁登丝在发疯般大喊：“我的白衬衫哪儿去了？菲比，你看见了吗？我发誓你肯定看见了！”她把衣柜里的东西一股脑儿地全部扯了出来，丢在床上。

菲比从衣柜里拖出一件皱皱巴巴的衬衫和一条

裙子，极不情愿地穿好衣服。此时，楼下的餐桌上还是光秃秃的，什么吃的都没有。"没有牛奶麦片，"菲比说，"没有果汁，连烤面包都没有。"她抚摩着搭在椅背上的一件白毛衣，说："这是妈妈最喜欢的毛衣……"她突然一把抓起那件毛衣，朝她爸爸挥舞起来："快看！快看！妈妈会连这个也丢下吗？她会吗？"

她爸爸走上来，用手指摩挲了一下毛衣的袖口，说："菲比，这只是一件旧毛衣。"菲比把毛衣套在了她皱巴巴的衬衫外面。

我感到有点心神不宁，早上发生在菲比身上的事，让我想起了妈妈离开时的情景。那时，一连好几周，我和爸爸都像无头苍蝇一样，什么也干不好，什么东西都找不到。房子从此开始"自生自灭"，它"生出"了成堆的脏碗筷、脏衣服、旧报纸，还有灰尘。爸爸不知道说了几千遍"我真要疯掉了"。鸡鸭满院飞，牛群一惊一乍，猪圈里的猪也闷闷不乐，甚至连我家的狗穆迪布卢也都低着头呜咽了好久。

爸爸告诉我，妈妈再也不会回来了，但我不相信他的话。我把妈妈写给我的明信片从房间里拿出来，说："她要是不想回来，她会给我写这么多明信片吗？"就像菲比在她爸爸面前挥舞她妈妈的毛衣一样，我去笼子里抓了只小鸡，然后反问爸爸："妈妈会丢下她最爱的小鸡吗？她可喜欢这只小鸡了。"

但我心里其实想说："她怎么连我也不要了呢？她是爱我的啊。"

一到学校，菲比就"砰"的一声把书甩到课桌上。贝丝·安说："嘿，菲比，你的衬衫有点皱……"

"我妈妈出门了。"菲比说。

菲比悄声对我说："我好像得了心脏病。"

"我现在会自己熨衣服了，"贝丝·安说，"我还会熨……"

我突然想起了曾被我家的狗——穆迪布卢——抓住并叼回家的一只兔宝宝。穆迪布卢并不是真的想把兔宝宝当作午餐，它只是玩玩而已。不过最后我连哄带骗终于让穆迪布卢松了口。当我把兔宝宝捧在手心时，它的心脏正怦怦狂跳，而且越跳越快，最终停止了跳动。

我把兔宝宝给妈妈看，妈妈告诉我："它死了，萨拉曼卡。"

"它没死，"我说，"几分钟前它还活得好好的。"

我在想，如果菲比的心脏突然跳得和那只兔宝宝一样快，会发生什么呢？她肯定会直接倒下，然后死在学校里，而她妈妈甚至不会知道她已经死了。

下课后，玛丽·卢找到菲比，说："我刚听你说你妈妈出门了？"

克里斯蒂和梅甘也凑过来。克里斯蒂说："你妈妈出差了？我妈妈也总是去巴黎出差，你妈妈去哪里出差了？"

菲比点了点头。

"她到底去哪里了？"梅甘追问道，"去东京了，还是去沙特阿拉伯了？"

菲比回答说："伦敦。"

"哦，伦敦啊，"克里斯蒂说，"我妈妈以前去过。"

菲比一脸迷茫地向我转过身来。我想，她现在肯定对自己刚刚所说的话感到吃惊，但我明白她为什么要撒谎，因为，有几次当别人问到我妈妈的时候，我也撒了谎。"别担心，菲比。"我说。

她打断我的话："我没有担心。"

我以前也是这样的。每当有人因为妈妈的缘故而想要安慰我时，我都想咬他们一口，那时的我简直就是一头脾气暴躁的驴。每次爸爸对我说"你一定很难过吧"时，我总是矢口否认。"我不难过，"我告诉他，"我一点也不难过。"但是，事实上我真的很难过。早上，我不想从梦中醒来；晚上，我难过得不敢睡觉。

吃午饭时，很多人跑来问菲比："你妈妈要在伦敦待多久啊？"

玛丽·卢还问："她是不是要和女王一起喝下午茶啊？"

"记得告诉她，一定要去看看康文特花园，"克里斯蒂说，"我妈妈可喜欢康文特花园了。"

"那叫考文特花园，你个榆木脑袋。"玛丽·卢说。

"不对不对，"克里斯蒂争辩道，"就叫康文特花园。"

放学后，我们和本还有玛丽·卢走在一起。一路上，菲比一句话也不说。"咋回事啊？飞蜜今天怎么不说话了？"本问道，"说话啊。"

我有点伤感，张口说了句："每个人都有自己的议事日程。"本惊得被马路牙子绊了一跤，玛丽·卢向我投来怪异的日光。我一直期望菲比的妈妈能够回家，即使家门仍然紧锁，但我一直期望着。"你确定想让我进去吗？你不想一个人待一会儿吗？"我问。

菲比答道："我不想一个人待着。你打电话跟你爸爸说一下吧，看看今晚能不能还待在我家吃晚饭。"

进门之后，菲比喊道："妈妈？"她走遍整个屋子，把所有房间都看了个遍。"是这样，"菲比说，"我一定要找到线索，一定是那个疯子跑到家里把我妈妈绑走了。"我想告诉她，她的想法只是缘木求鱼，她妈妈没被绑架。但是我知道，菲比并不想听我说这些。

　　妈妈不见时，我也曾幻想着各种可能。想象她可能得了绝症而不愿意告诉我们，自己一个人躲到爱达荷州去了。她也可能被人袭击了，头部受重伤，得了失忆症，现在正在刘易斯顿到处游荡，不知道自己是谁，以为自己是别的某个人。

　　爸爸总是说："她没得癌症，萨拉，她也没有失忆，这都是你的幻想。"但我不相信，可能爸爸是想保护妈妈或者我吧。

　　菲比在房子里四处搜寻，仔细地检查每一处墙角、每一块地毯，想找出点血迹或者其他什么证据。终于，她找到了几个可疑的斑点和几根头发。菲比用胶带标出了那几个斑点，又把头发丝装到一个信封里。

　　普鲁登丝回家时，神情激动不已。"我做到了！"她一边手舞足蹈一边说，"我做到了！我当上啦啦队的队长啦！"菲比提醒她说妈妈被绑架了。"噢，菲比，妈妈没被绑架。"她回答道，停止了手舞足蹈，走进厨房看了看，"我们晚饭吃什么？"

菲比在橱柜里翻找着。普鲁登丝打开冰箱，惊讶地喊道："快看。"一个可怕的想法一闪而过——难道她在冰箱里发现了什么恐怖的证据？或许，仅仅是或许，菲比是对的，也许那个疯子真的把她妈妈绑走了。我看不见冰箱，但我听见普鲁登丝挪动东西的声音，至少她没有尖叫。

显然，冰箱里没什么恐怖的东西。相反，冰箱里整整齐齐地堆满了保鲜盒，每一个保鲜盒上都贴有一张标签。"西兰，豆，砂锅，350摄氏度，1小时，"普鲁登丝一个一个地念道，"苹，酪，325摄氏度，45分钟。""什么叫'西兰，豆，砂锅'？"我问。

菲比掀开盖子，里面是一团被冻得硬硬的黄绿色的东西。"西兰花扁豆砂锅菜的意思。"她说。

菲比的爸爸回到家发现晚饭已经准备好了，非常吃惊。普鲁登丝给他看了看冰箱里的那些菜。"哦。"但他什么也没说。吃饭时，我们都很安静。

"关于妈妈……有什么消息吗？"普鲁登丝问他

爸爸。

"还没。"他答道。

"我们应该报警。"菲比说。

"菲比。"

"我是认真的，我找到了可疑的斑点。"菲比指着餐桌下用胶带贴着的两处说。

"你干吗在那里贴胶带？"他问。

菲比解释说胶带下面可能是血迹。

"血迹？"普鲁登丝随即放下了刀叉。

菲比把信封也拿来了，将里面的头发丝倒在桌子上。"这些头发丝也很可疑。"菲比解释道。

普鲁登丝说："好吧。"

温特博特姆先生用叉子敲着餐刀。然后，他站起身，抓住菲比的胳膊，说："跟我来。"他走近冰箱，打开冰箱门，指着里面的保鲜盒说："如果你妈妈真的被疯子绑架了，她会有时间来准备这些食物吗？她能对那个疯子说'等一下，疯子先生，请允许我被绑架之前再为家人准备几顿饭'，会吗？"

"你一点都不关心她，"菲比说，"没人关心她，每个人都有自己愚蠢的议事日程。"

晚饭后我离开了菲比家。温特博特姆先生开始打听妻子的下落，他打电话给他妻子的老朋友，看看他们知不知道她到底去哪儿了。

"终于，"菲比说，"他开始行动了，但我还是觉得应该报警。"

从菲比家走出来后，我听到一个枯叶般的声音，原来是玛格丽特·卡达瓦在叫我："萨拉？想进来坐坐吗？你爸爸也在这儿，我们在吃点心，快来。"

爸爸出现在她身后，说："快来，萨拉，别傻了。"

"我不傻，"我说，"我吃过点心了，我要回家写英语作业了。"

爸爸转向玛格丽特，说："不好意思，我得和我女儿一起走。"

玛格丽特没说什么，只是站在那里，看着爸爸拿起他的外套跟我一起走了。我知道这实在是有点残忍，但我却有一丝胜利感，赢了玛格丽特·卡达瓦的胜利感。

回家路上，爸爸问我菲比的妈妈回来没有。我告诉他："没有，菲比总觉得是有个疯子把她妈妈绑走了。"

"疯子？这有点离谱，不是吗？"

"我最开始也是这么认为的，你永远都不会懂的，对吧？我的意思是，这真的有可能，可能真有个疯子……"

"萨拉。"

我本想跟他说一下那个慌慌张张的年轻人，还有那些神秘的信件，但爸爸肯定会叫我"傻瓜"。于是我换了个说法："你怎么确定不是有人——虽然不一定是个疯子，但是就有这么个人——让妈妈离开我们跑去爱达荷州了？也许这是敲诈勒索。"

"萨拉，妈妈走了，只是因为她想要走。"

"我们应该阻止她。"

"人不是鸟，你不能把她像鸟一样关在笼子里。"

"她不应该走的，如果她没走……"

"萨拉，我敢说她肯定想过回家。"

我们到家了，但没有进门，而是坐在门口的台阶上。爸爸说："你不能预测未来，没人能预测未来。你永远不知道接下来会发生什么。"

他看着远方，这一次我真的觉得很难过。我为之前的哭闹和不讲理向他道了歉，他一把搂住我的肩膀，然后两个可怜人就这样坐在台阶上，惆怅又迷茫。

第二十三章

劣地公园

爷爷问:"傻老太婆,腿上的伤口怎么样了?"他其实并不是担心奶奶腿上的伤口,而是听到了她那沙哑粗重的呼吸声。"我们到劣地公园就停下休息,怎么样?"奶奶只是点了点头。

我们离劣地公园越近,空气中就越是弥漫着一股邪气,像是在说:"慢下来,慢点,慢点,慢点。"我提议:"也许我们不应该去劣地公园。"

"什么?不去了?当然得去,"爷爷说,"我们都快到了,劣地公园可是国家级风景区。"

妈妈肯定也在这条路上走过,她看到路上的指示牌时会想些什么呢?她经过这里的时候,又在想些什么呢?

妈妈不会开车，她一看到车就很害怕。她总是说："汽车的速度太快了，我不喜欢。无论去哪里，我都喜欢按照自己的节奏慢悠悠地走。"所以，当她说要坐巴士去爱达荷州的刘易斯顿时，我和我爸爸都惊呆了。

我不明白她为什么要选择爱达荷州，也许她就是打开地图，然后随便那么一指，就把目的地定下来了。后来我才知道，她有个表亲在那边。"我已经有十五年没见过她了，"妈妈说，"这再好不过了，她可以告诉我，我到底是个什么样的人。"

"我能告诉你，蜜糖。"爸爸说。

"不，我是说在为人妻和为人母之前，我是个什么样的人。我想要知道我的本性，尚哈森的本性。"

车子在一望无际的南达科他州大草原奔驰了很久，终于来到了劣地公园，我被眼前的景象震惊到了，就好像有人用熨斗把南达科他州的其他地方都熨平了，独独把所有山丘、山谷、岩石全都推到了这个地方——平原的正中央矗立着嶙峋的山峰、陡峭的峡

谷。头顶是开阔的蓝天，脚下是粉色、紫色和黑色的
岩石。从悬崖边往下看，底下是凶险的峡谷，凹凸不
平的岩石支棱着锋利的边缘，如果爬下去，说不定你
还能在岩石上看到挂着的骷髅头呢！

奶奶本想发出"万岁，万岁"的惊叹，但她现在
呼吸不畅，结果只挤出沙哑的类似"哗——哗——"
的声音。爷爷在地上铺了一块毛毯，让奶奶坐在毯
子上。

妈妈在劣地公园时总共给我寄过两张明信片，其
中一张说："萨拉曼卡，你是我的左臂，我想我的左
臂了。"

劣地公园的天空比我去过的任何地方的天空都要
高，我给爷爷奶奶讲了一个关于天空的故事，这个故
事是妈妈讲给我听的。很久很久以前，天空很矮，矮
到你一不小心就会撞到头，矮到人们时常会因为身在
云霄而看不到彼此。有一天，人们实在不堪忍受这种
麻烦，于是他们造了很多很长的柱子，用这些柱子把
天顶了起来，顶得越高越好。

爷爷说："快看哪，这帮人顶得也太好了，现在天空一动不动。"

我讲故事的时候，有个孕妇正站在我们旁边，用纸巾擦着眼睛。"她看起来有点伤心。"爷爷说。爷爷问她是否愿意在我们的毛毯上休息一下。我赶紧说："我去别处看看。"因为我害怕孕妇。

妈妈第一次告诉我她怀孕的时候就在感慨："终于，这个房子又会多一个小孩啦！"起初我并不是很开心，只有我一个难道不好吗？妈妈、爸爸，还有我，我们就是一个温馨的小家。

随着小宝宝在她肚子里慢慢长大，妈妈会让我听小宝宝的心跳声，让我感受小宝宝在她的肚子里踢来踢去。我开始期待这个小宝宝的出生。我希望小宝宝是个女孩，这样我就有妹妹了。我和爸爸妈妈一起收拾了一间育婴房，给房间刷上一层干干净净的白漆，挂上了黄色的窗帘。爸爸还把一个旧梳妆台给重新漆了一下。邻居们给我们送来了不少婴儿服，我们把所有小褂、连体裤还有睡衣都洗得干干净净，然后再整整齐齐地叠好。我们还去买了全新的尿布，因为妈妈喜欢看着外面的晾衣竿上挂满尿布。

唯一一件我们还没解决的事情就是取名字。对这个小宝宝来说，任何名字好像都不太合适，什么名字都不完美。对此，爸爸好像比妈妈更加着急。"总会想到好名字的，"妈妈说，"说不定哪一天，一个完美的名字就会从天而降。"

离妈妈的预产期还有三周的时候，我一个人跑到田野最远处的树林里去玩。爸爸当时在镇上办事，妈妈在家里拖地，她总说拖地会让她的腰背更加舒服。爸爸不想让她做这些事，但她偏要做。妈妈不是那种病恹恹的弱女子，她经常做这些家务。

在树林里，我爬上了一棵橡树，唱着妈妈经常唱的那首歌：

"噢，不要爱上水手，

水手，水手——

噢，不要爱上水手，

因为他会把你的心带去大海——”

我越爬越高。

突然，我脚下的树枝断了，我立马抓住另一根树枝，但这是根枯枝，我一抓就断了，于是我开始往下掉，一直往下掉，好像电影里的慢镜头。我看见了树叶在我眼前掠过，我知道我在一直往下掉。

我醒来的时候正趴在地上，脸扎进了泥土里面，右腿弯曲着被压在了身下，我尝试着移动身子，一股针刺般的疼痛从我的右腿处袭来。我试着在地上爬行，但那针刺般的疼痛向我的大脑袭来，我眼前一黑，什么也看不见了，脑中嗡嗡作响。

我肯定是疼晕过去了。当我再次睁开眼睛时，树林里变黑了，空气也变冷了。我听见了妈妈的呼唤声，她的声音遥远而微弱，我想应该是从谷仓附近传来的。我想回答，但我的声音卡在了胸口。最后，妈妈找到了我，背着我走出了树林，穿过了田野，走下一片长长的山坡，最后回到了家里。她打电话叫爷爷奶奶带我去医院。医院里，光是打石膏就花了好长的时间，最后等我们回到家，每个人都已经筋疲力尽。爸爸很懊恼，因为他没有陪在我们身边，只能干着急。

小宝宝也在那天晚上出生了。我听见爸爸给医生打电话："她撑不住了，她快要生了，马上就要生了。"

我拄着拐杖，一瘸一拐地穿过客厅。妈妈的头陷在枕头里，满头大汗，痛苦地呻吟着。

"好像不对劲啊。"她对爸爸说。看见我站在旁边，她便对我说："你别在这儿待着，我现在状态很不好。"我坐在妈妈房间外的走廊上。医生来了。我听到妈妈发出了一声长长的、痛苦的哀号，然后就安静下来了。

当医生把小宝宝抱出房间时，我央求医生让我看看。小宝宝浑身惨白，白中透出一股淡蓝色，脖子上有脐带缠绕的痕迹。"可能已经死了好几个小时了，"医生告诉爸爸，"但我也不能确定。"

"是男孩还是女孩?"我问。

医生轻声回答:"是个女孩。"

我问医生我能不能抱抱她。她刚从妈妈肚子里出来,还有点热。她看起来那么可爱,那么安静,整个身子蜷缩着。我很想抱抱她,但医生回答说恐怕不行。我在想,也许我抱抱她,她可能就醒了。

爸爸看起来受到了极大的打击,但他似乎没有心思去关心小宝宝,他径直走向房间去安抚妈妈。他对我说:"这不是你的错,萨拉,小宝宝的死并不是因为妈妈背了你,你千万别这么想。"

我不相信。我一瘸一拐地走进妈妈的房间,爬到床上紧挨着她。妈妈一直瞪着天花板。

"让我抱抱孩子。"她说。

"抱什么?"

"抱抱孩子。"她说,她的声音痴傻又古怪。爸爸进来了,妈妈就问爸爸要孩子。爸爸俯下身,对妈妈说:"我希望,我也希望……"

"孩子。"她说。

"她没了。"爸爸回答。

"我想抱抱孩子。"她又说。

"她没了。"爸爸重复道。

"不可能,"她自言自语道,"一分钟前她还好好的。"

后来我在妈妈身边睡着了,直到听见她在叫爸爸。爸爸打开灯,我发现满床都是鲜血,血浸透了床单、毯子,甚至浸透了我腿上白色的石膏。

救护车来了,带走了妈妈和爸爸。爷爷奶奶赶过来陪我。奶奶收走了床单和毯子,并将其浆洗干净了。她还尽可能地试着把我腿上石膏的血渍擦洗掉,但最后还是留下了一些褐色血渍。

第二天,爸爸回了一趟家。"不管怎样,我们都得给孩子取个名字,"他说,"你们有什么想法吗?"

一个名字突然浮现在我的脑海。"郁金香。"我说。

爸爸笑了:"妈妈肯定会喜欢的,我们会把小宝宝埋在白杨林旁边的小公墓里,那里春天到处都是郁金香。"

妈妈在接下来的两天做了两场手术，因为她依旧血流不止。后来妈妈告诉我："他们切除了我的子宫。"她再也不能生小孩了。

我坐在劣地公园的峡谷边上，回头看着爷爷奶奶还有那个孕妇坐在毯子上。我假装那是妈妈坐在那里，她肚子里依然怀着那个小宝宝，所有事都会循着正轨发展。然后，我又试着去想象妈妈坐在车里，在去往爱达荷州刘易斯顿的路上。停车的时候，她会不会跟着车上的人一起下车到处走走呢？还是跟我现在一样，一人独坐着？她有没有在我坐的这个地方坐一坐呢？她有没有看见那粉红色的尖塔？她会想我吗？

我捡起一块扁平的石头向峡谷扔去。石头撞到远处的峭壁，就开始往下掉，往下掉，顺着嶙峋的岩石一直往下掉。妈妈曾给我讲过黑脚人纳皮的故事。纳皮老人创造了男人和女人。为了决定是否让这些人永生，纳皮老人选了块石头。

他说："如果石头浮在水面上，你们就能继续活下去；如果它沉下去，你们就难免一死。"他把石头丢入水中，石头沉了下去，于是人都难逃一死。

"为什么纳皮要用石头呢？"我问，"为什么不用树叶？"

妈妈耸了耸肩膀："如果你在那儿，说不定你就能让石头浮在水面上了。"她是在说我喜欢打水漂的事情。

我又捡起一块石头朝峡谷丢去，这一块也像之前的那块一样，撞到对面的峭壁，然后开始往下掉，往下掉，往下掉。这是一片空谷，压根儿就没有河流，我到底在想什么？

第二十四章

悲伤之鸟

我们开车离开劣地公园时，一个司机挡住了我们的路，爷爷忍不住骂了几句。通常来讲，爷爷这样骂人时，奶奶就会威胁他说要回去找那个买鸡蛋的男人了。我不知道故事的原委，听说是有一次，爷爷在咒骂暴雨时，奶奶和一个经常来农场买鸡蛋的男人跑了。三天三夜后，爷爷找到了奶奶，向她保证再也不骂人了。

我曾问过奶奶，如果爷爷还总是骂人，她会不会回去找那个买鸡蛋的男人。她回答说："不要告诉你爷爷，我其实不介意他说几句脏话的。还有，那个男人的鼾声简直像打雷。"

"所以你不会因为爷爷讲脏话就不要爷爷了，对吧？"

"萨拉曼卡，我都不记得我当时是怎么回事。有时候，你心里知道你爱着某个人，但有时你只有离开他，才会真正意识到这一点。"

那天晚上我们住在南达科他州沃尔城外的一家汽车旅馆里，旅馆只剩一间房了，这间房又只有一张床。爷爷实在太累了，所以觉得无所谓。那是一张超大的水床。"见鬼！"爷爷说，他用手在床上按了按，水床咯咯地晃动起来，"看来今晚我们得一起在木筏上漂流了。"

奶奶一头倒在水床上，发出傻傻的笑声。"万岁，万岁，"她用沙哑的声音嚷道，然后又滚到床中间，"万岁，万岁。"我躺在她身边，而爷爷则暂时坐在另一边。"哇，"他说，"这东西好像是活的"。

爷爷在床上不断转动身体，床就跟着不断地晃动着，我们也跟着晃来晃去。"见鬼！"他感叹道。奶奶笑得眼泪都掉下来了。爷爷说："唉，这不是我们的婚床!"

那天晚上我梦见我和妈妈一起坐着木筏漂流在水面上。我们背靠着背,抬头看着高高的天空。天空离我们越来越近。突然,轰的一声,我们好像到了天上。妈妈到处看了看,说:"我们不可能就这么死了,几分钟前我们还活得好好的呀。"

早上,我们朝着布莱克山还有拉什莫尔山前进,想着午饭前能赶到那里。我们一上车,爷爷就问:"佩比的妈妈怎样了?佩比发现了什么新信件吗?"

"我希望一切都会好起来,"奶奶说,"我有点担心佩比。"

就在菲比给她爸爸看了那些可疑的斑点和头发丝后的第二天,又出现了一封信,内容如下:

"如果不能阻止悲伤之鸟飞过你的头顶,
至少可以不让它们在你的头上筑巢。"

菲比把这封信带到学校给我看。"一定又是那个疯子。"她说。

"他如果真的绑架了你妈妈，为什么还会一直给你们留消息呢？"

"这就是线索。"菲比说。

同学们都在问菲比她妈妈去伦敦出差干什么。菲比总是拒绝回答这些问题，但她不能老是这样。有些时候，她不得不说点什么。

比如，梅甘问菲比，她妈妈去参观了哪些旅游景点，菲比只好回答说："白金汉宫……"

"那里肯定要去。"梅甘会心地点点头。

"还有大本钟，还有……"菲比一直在搜肠刮肚，"莎士比亚故居。"

"可是莎士比亚故居在埃文河畔的斯特拉特福啊，"梅甘说，"我以为你妈妈还在伦敦。斯特拉特福在 100 英里开外，她是一日游吗？"

"对，是的，一日游。"菲比脱口而出。菲比简直快要哭出来了，似乎一群悲伤之鸟正在她的头上筑巢。

这节英语课是由本做关于神话的报告，但他好像紧张得不行。他解释说，普罗米修斯从太阳神那儿偷了火种送给人类，所以主神宙斯为人类和普罗米修斯的偷窃行为愤怒不已，他们居然敢偷盗他最珍爱的太阳之火。作为惩罚，宙斯派出潘多拉（一个女人）来到人间。然后宙斯用铁链把普罗米修斯绑在山上，还派秃鹫下凡去啄食普罗米修斯的肝脏。

本太紧张了，他把普罗米修斯这个词都读错了，所以，他实际上说的是，宙斯派秃鹫下凡去啄食"普罗旺斯"的肝脏。

那天，玛丽·卢邀请我和菲比去她家吃晚饭。我打电话给爸爸，他似乎并不介意，我也知道他不会介意。他只是说："这样太好了，萨拉。也许今晚我会去玛格丽特家吃饭。"

第二十五章
胆固醇

　　去芬尼家吃饭真是种独特的体验。我们一到那儿就看到玛丽·卢的兄弟们像野猴子似的到处跑，在家具上跳来跳去，把足球踢得到处都是。玛丽·卢的姐姐玛吉一边打电话一边修眉毛。芬尼先生在厨房里做饭，四岁的汤米在帮忙。菲比轻声道："你可别对今天这顿晚饭抱太多希望。"

　　芬尼夫人六点才踉踉跄跄走到门口。她一进门，汤米、道格还有丹尼斯都围了上去，抓着她的衣角不放，争先恐后齐声喊着："快看妈妈！""妈妈，妈妈，妈妈！""先看我这里！"她费力挤开这三个孩子走进厨房，但三个孩子并没有撒手，拖在她身后，就像一条鱼钩拖着旧轮胎、旧鞋子，还有各种各样的垃圾。她狠狠地亲了丈夫一口，芬尼先生则往她嘴里塞了片黄瓜。

我和玛丽·卢负责摆餐具，不过我觉得这很大程度上是在浪费时间，因为一坐到餐桌旁，大家便乱成一团，不是打翻了玻璃杯，就是把叉子掉到地上，要不就是抢盘子（菲比提醒我说玛丽·卢家的盘子不是一套的），还边抢边嚷嚷："那是我的盘子，我要那个有雏菊的盘子。""把蓝盘子给我！今天轮到我用蓝盘子了。"

我和菲比坐在玛丽·卢和本之间。餐桌中央是一盘还在冒油的炸鸡。菲比说："鸡？是炸鸡吗？不好意思，我胃不好，不能吃油炸食品。"她又瞥了一眼本盘里的三块炸鸡，说："本，你真不该吃这些东西，油炸食品对健康不利。首先，油炸食品含有胆固醇。"

菲比从本的盘子里夹了两块炸鸡放回了大盘子里。芬尼先生咳了两声，芬尼夫人问道："菲比，你真的不吃炸鸡？"

菲比笑了笑，说："是啊，不吃。芬尼夫人，我是真的不能吃。而且，我觉得芬尼先生也不应该吃，我不知道你是否了解，男人体内的胆固醇含量是很容易超标的。"

芬尼先生低头看了看自己盘子里的炸鸡，芬尼夫人古怪地噘了噘嘴。这时，盛着豆角的盘子正好传到了菲比那里，菲比说："芬尼夫人，你煮豆角的时候放了黄油吗？"

"是啊，我放了。放黄油有什么不对吗？"

"胆固醇，"菲比说，"胆——固——醇——黄油里面有。"

"哦，胆固醇，"芬尼夫人跟着重复了一遍，她看向她丈夫，"亲爱的，小心点，豆子里有胆固醇。"

我盯着菲比，我相信在这个房子里我不是唯一一个想让她闭嘴的人。

本把盘子里的豆角推向一边，玛吉则拿起一根豆角仔细检查。不久后土豆传过来了，菲比又解释说自己在减肥，不能吃淀粉。大家都没了兴致，闷闷不乐地低头看着自己的盘子。菲比的盘子里什么也没有，芬尼夫人问："那么你平常吃什么呢，菲比？"

"吃我妈妈特别制作的素食餐，低脂低卡。我们会吃很多蔬菜水果沙拉，我妈妈是个顶级厨师。"

她没说她妈妈做的那些高胆固醇的馅饼和布朗尼蛋糕。我本想站出来解释："菲比的妈妈不见了，这就是菲比现在像头蠢驴的原因。"但我没有。

菲比重复道："我妈妈是个顶级厨师。"

"真了不起，"芬尼夫人说道，"所以你今晚打算吃什么？"

"您这里应该没有纯绿色蔬菜吧？"

"纯绿色蔬菜？"芬尼夫人说。

"就是纯天然无污染，没有黄油这些调料。"

"我懂了，菲比。"芬尼夫人说。

"我可以吃纯绿色蔬菜。或者如果您有现成的红豆沙拉——或者卷心菜、花椰菜、砂锅扁豆都行，或者通心粉、芝士、素意大利面也可以。"

餐桌上的人一个接一个都开始死死盯着菲比。芬尼夫人起身走进厨房，我们听见了她翻箱倒柜的声音，随后她回到厨房门口，问菲比："干果麦片？干果麦片可以吗？"

菲比说："嗯嗯，我早餐常吃这个。"

芬尼夫人又一次走进厨房，出来时手里端着一碗干麦片和一瓶牛奶。

"您让我晚饭吃这个吗？"菲比看着装麦片的碗说道，"但我通常是放酸奶，不是纯牛奶。"

芬尼夫人转头问芬尼先生："亲爱的，这周你买酸奶了吗？"

"真是的！我怎么就忘了呢？"

菲比最后就只吃了干麦片，没有加牛奶。整个晚餐我都在想着拜班克斯，如果大家去我爷爷奶奶家吃晚饭，会是什么样的情形呢？爷爷奶奶家总是人山人海——亲戚啦，邻居啦，还有数不清的打闹着的孩子。那些打闹都是闹着玩的，就像芬尼家里一样：汤米打翻了两杯牛奶，丹尼斯打了道格一拳，道格又还手打了丹尼斯一拳。玛吉去招惹玛丽·卢，玛丽·卢就拿豆子扔她。我想，或许这就是我妈妈想要的吧：一栋房子，里面全是嬉戏打闹的孩子。

在回家的路上，我说："晚饭后大家是不是太安静了？真奇怪！"

菲比说："或许是因为胆固醇把他们的胃撑得太难受了。"

我突然邀请菲比周末来我家，我自己也不知道我为什么要邀请她，可能是一时兴起，我之前还没邀请过任何人来我家。"我想，我是说，如果我妈妈还……"她咳嗽了几声，继续说，"我还是去问问我爸爸再说吧。"

她爸爸正在厨房里洗碟子，他围着一条镶着折边的围裙，里面穿着白衬衣，打着领带。"你得把洗洁精冲洗干净，"菲比说，"还有，你是在用冷水洗吗？你应该用热水，很热很热的热水，要把细菌洗掉。"

他都没有抬头看一眼菲比，我想，他现在应该挺尴尬的，被人发现在亲自洗碟子。

"这碟子应该洗得够干净了。"菲比说，她看到她爸爸用抹布擦着碟子，一遍又一遍。突然，他停了下来，低头盯着碟子。我似乎看见了一群悲伤之鸟在啄着他的头，但菲比此时正在忙着搞定她自己头上的那些悲伤之鸟。

"你给妈妈所有的朋友都打过电话了吗？"菲比问。

"菲比，"他说，"我还在问。我现在有点累，咱们能不说这个吗？"

"你不觉得我们应该报警吗？"

"菲比——"

"萨拉想让我周末去她家玩。"

"没问题。"他说。

"但如果我在萨拉家时妈妈回来了，怎么办？你会打电话给我吗？"

"当然。"

"如果她打电话过来怎么办？我还是待在家里吧，如果妈妈打电话过来，我得在家。"

"如果她打电话过来，我会让她打到萨拉家。"

"如果明天还没有任何进展，"菲比说，"一定得报警，我们已经拖了太久了，妈妈可能正被绑在某个地方等着我们去救她。"

晚上，菲比打电话过来时，我正在家写神话作业。她小声地告诉我，她下楼去和他爸爸道晚安时，看见他正坐在他最喜欢的椅子上，眼睛盯着电视机，但电视机根本没打开。菲比如果不是太了解她爸爸，肯定会以为她爸爸在哭。她说："我爸爸从来都不哭"。

第二十六章
牺牲

那个周末出奇地漫长。菲比是周六早上到的，手里还提着一个行李箱。我说："天哪！菲比，你是想住一个月吗？"我把她带上楼，走进了我的房间。她问我，她是不是要跟我住一个房间。

"为什么不住一起呢，菲比？"我说，"为了迎接你的到来，我们专门把房间腾空了一下。"

"你没必要挖苦我。"她说。

"我只是开个玩笑，菲比。"

"可你房间里只有一张床。"

"观察得挺仔细呀，菲比！"

"所以或许你可以睡楼下的沙发？热情好客不是

人们的传统吗?"她看了看我的房间,"我们两个人住一起的话太挤了,不是吗?"

我没搭话,同时也忍住脾气没给她一巴掌,因为我知道她为什么会变成这样。她坐在我床上,上下弹了几次。"萨拉,我还得先适应你们家这软塌塌的床垫。我家的床垫就很结实,床垫结实点对腰背有好处,这就是我的体态还不错的原因。你老是驼背,很可能就是你家床垫害的。"

"驼背?"我说。

"嗯,你确实驼背了,萨拉,自己照照镜子。"她又捶了捶我的床垫。"萨拉,你连招呼客人的礼仪都不懂吗? 要拿最好的给客人,你应该做点牺牲。我妈妈经常这么说。她说:'生活中,有时你不得不牺牲一下。'"

"我猜你妈妈离家出走时肯定做了很大的牺牲吧?"我说。我实在忍不了了,她在挑战我的底线。

"我妈妈没有离家出走,她只是被人绑架了,此时此刻,她正承受着巨大的牺牲,"她打开她的箱子,

"我的东西放哪儿？"

我打开衣柜，她又开始惊叫："好家伙！真够乱的。你还有多余的晾衣架吗？难道整个周末我都要把衣服塞在我的行李箱里？要拿最好的给客人，这些都是基本礼仪而已，萨拉，我妈妈说……"

"我懂我懂，牺牲嘛。"

十分钟后，菲比说她头疼："可能是偏头痛，我姑姑的足科医生就得过，但后来发现又不是。你知道她得的到底是什么病吗？"

"什么病啊？"我问。

"是脑瘤。"

"真的吗？"

"真的，"菲比说，"她脑子里长了个瘤子。"

"嗯，脑瘤当然长在脑子里。菲比，你一说脑瘤我就知道了。"

"我觉得你这样跟一个得了偏头痛或是脑瘤的人这样说话，太没有同情心了。"

我的课本里正好有一幅关于树的插图。我在树下画了一个满头鬈发的圆脑袋，再给这个脑袋的脖子画上一根绳子，最后，我把绳子系在了那棵大树上。

那天的情形大约就是那样了。我那天真的很讨厌菲比，不管她一直胡闹是不是因为她妈妈，我想让她赶紧走开。但我又突然意识到，每次我因为妈妈而大发脾气的时候，爸爸是不是也在这么想？或许他也讨厌过我。

晚饭后，我们走路去了玛丽·卢家。芬尼夫妇和汤米、道格在草坪上的一堆树叶里打滚玩耍，本则坐在走廊上。我径直走过去，坐在他旁边，菲比则去找玛丽·卢了。

本说："菲比都快把你逼疯了，是吧？"本说话的时候都会看着你的眼睛，我喜欢他这样看着我。

"逼到要崩溃了。"我说。

"我敢说菲比肯定很孤独。"

不知是怎么了，我突然想伸出手去摸他的脸。我的心怦怦直跳，跳得那么响，本或许都能听到，为了掩饰尴尬，我赶忙走进屋子。透过后窗，我看见芬尼夫人爬上靠在车库旁边的梯子，爬到车库的屋顶后，她脱下外套，把它摊开。几分钟后，芬尼先生绕到屋后，也爬到了屋顶。芬尼先生脱下夹克，在她身边摊开。芬尼先生也躺了下来，用胳膊搂着他的妻子，吻了吻她。

屋顶上，苍茫的天空下，他们依靠着彼此，互相亲吻。这场景令我难受极了，我想到了爸爸妈妈，想到了妈妈流产和做手术之前，他们也是那么恩爱。

本走进厨房。他伸手去橱柜里拿杯子时，突然停下来看着我。我突然又有了那种奇怪的感觉，我想触碰他的脸，摸他的脸颊，摸他脸颊上柔软的地方。我得小心点，如果我不控制住自己的话，我的手可能就会不听使唤，直接往他脸上伸过去了。这真是太离谱了。

"猜猜玛丽·卢在干吗？"菲比终于回来了，"她去约会了，和亚利克斯哟。"

我从来没和别人约过会，我想，菲比也没有。

那天晚上，我把家里的睡袋从柜子里拿了出来，

将它摊在地上。菲比像看一只蜘蛛一样嫌弃地看着这
个睡袋。"不要担心，"我说，"我今晚睡这里面。"我
随即钻了进去，然后假装自己很快就睡着了，我听见
了菲比上床的声音。

不久后，爸爸走进房间。"菲比？"他说，"你还
好吗？"

"没什么。"菲比答道。

"我听见你在哭，你没事吧？"

"我没事。"她回答。

"你确定？"

"是的。"

我有点愧对菲比。我本应该起床安慰她，但我清
楚，有时人们悲伤的时候就只是想一个人待着，一个人
独自对付那些悲伤之鸟，因为我也经历过。

那天晚上，我梦见自己坐在草地上，用望远镜往
远处看。在很远的地方，我看见妈妈在爬梯子。她不
停地爬呀爬，她爬的那架梯子很高。她看不见我，也
没打算下来，她只是不停地爬呀爬。

第二十七章
潘多拉的魔盒

　　第二天，我帮着菲比把行李箱拖回家。路上，我对菲比说："菲比，我知道你最近心情不好……"

　　"没有的事。"她说。

　　"菲比，有时我还挺喜欢你的。"

　　"是吗？谢谢。"

　　"但有时候，菲比，我恨不得把没有一丁点胆固醇的你整个扔到窗外去。"

　　她还没来得及回答，因为我们已经到她家门口了，而且她现在最上心的事情其实是，不停地追问她爸爸有关妈妈的事："有进展了吗？妈妈回来了吗？妈妈打电话过来没有？"

"算是吧，"他回答，"她打了电话给卡达瓦夫人——"

"卡达瓦夫人？妈妈跟她说什么？为什么要打给她？"

"菲比，冷静点。我也不知道她为什么要打给卡达瓦夫人。我还没来得及和卡达瓦夫人说上话，她没在家，只留了张便条。"他把那张便条递给了菲比，上面写着："诺尔玛打电话来说她一切都好。"在卡达瓦夫人的签名下，还有备注，说她要周一才回家。

"我不相信妈妈会打电话给她，这绝对是卡达瓦夫人编出来的。或许就是她杀害了妈妈，我要报警。"

他们为此吵得不可开交，但最后以菲比的失败而告终。她爸爸说，他给所有他能想到的人都打了电话，想知道她妈妈是否说过自己要去哪里。他答应菲比，他明天会继续打电话，还会找卡达瓦夫人谈谈。如果在周三之前还没收到妈妈的来信或电话，他就报警。

我要回家了，菲比也跟着出来了。在走廊上，她对我说："我决定了，我要报警，我会自己直接去警察局。没必要等到周三，我想什么时候报警我就直接去。"

那天晚上她打电话给我，悄声告诉我说："我这儿太安静了，我不知道我到底是怎么了，我躺在床上，就是睡不着，我的床太硬了。"

周一，菲比要做关于潘多拉魔盒的口头报告。

她一开口声音就开始发抖："由于某种原因，本实际上在做关于普罗米修斯的报告时已经谈到了我的话题——潘多拉。但是，本的报告里面有一些小错误。"

全班都转头看向了本。"我没错。"他争辩道。

"不，你错了，"菲比的嘴唇在颤抖，"潘多拉是作为奖赏送给男人的，而不是惩罚！"

"不对。"本说。

"对的，"菲比接着说，"宙斯决定送男人一件礼物，因为男人在地球上似乎很孤独，只有动物陪伴着他。于是宙斯创造了一个温柔美丽的女子，然后为了庆祝这个创作，宙斯还宴请了众神。那是一顿非常正式的晚宴，盘子都是配套的。"

玛丽·卢和本交换了一下眼神。

"宙斯让每个神都送给这个女人一件礼物——让她觉得自己是最受欢迎的客人。"说到这里，菲比瞥了我一眼。"众神给了她许多美妙的礼物：一条漂亮的披肩，一件银丝线织成的礼服，以及美貌……"

本打断她："你已经说过她很美了。"

"他们让她更加美丽了，怎么样，你满意了？"她的嘴唇不再颤抖，而是面红耳赤，"众神还给了她美妙的歌喉、高超的口才、金王冠、鲜花以及其他所有美好的东西。因为所有这些神赐的礼物，宙斯给她取名为潘多拉，意为'集万千赠礼于一身'。"

菲比继续说了下去："还有两件礼物我没有提到，其一是好奇心，顺便说一下，这就是女人都那么好奇的原因，因为神把这个作为礼物送给了世界上的第一个女人潘多拉。"

本说："我倒希望众神给她送的礼物是沉默。"

　　"最后，众神还送给了她一个漂亮盒子，上面装饰着漂亮的黄金和珠宝，众神警告她千万不能打开。"

　　本问："那他们为什么要给她呢？"

　　明眼人都看得出来本是在故意捣乱。菲比说："这就是我接下来要告诉你的，这也是一件礼物。"

　　"但为什么众神给了她一件她不能打开的礼物呢？"

　　"我、不、知、道。故事就是这样说的，我在讲故事。众神不允许潘多拉打开盒子，但因为她被赋予了太多的好奇心，她真的很想知道里面到底有什么，于是有一天，她打开了盒子。"

　　"我就知道，"本说，"在你说她不许打开盒子的那一刻起，我就知道她一定会打开盒子。"

　　"盒子里装满了世界上所有的罪恶，有仇恨、嫉妒、瘟疫、疾病和胆固醇，还有脑瘤、悲伤、疯子、绑架和谋杀……"她看了一眼伯克威老师，然后又继续说了下去，"诸如此类的事情。"

　　"当潘多拉看到这些东西从盒子里面跑出来时，

她想把盖子盖好，但是她始终盖不上，这就是现在世界上有那么多罪恶的原因。最后，盒子里只留下了一样好东西。"

"什么好东西？"本问。

"这正是我打算说的，盒子里唯一的好东西便是'希望'。这就是尽管世界上有那么多罪恶，但我们仍然有一丝希望的原因。"她举着一张图片，图片上是潘多拉打开盒子的场景，一大堆小精灵飘了出来，而潘多拉看上去是被吓坏了。

那天晚上我一直在想潘多拉魔盒。我不明白，为什么会有人把"希望"这样的好东西和疾病、绑架、谋杀放在一个盒子里面。

不过还好，希望始终在那里。否则，由于核战争、温室效应、炸弹、刺杀还有疯子这些东西，人们的头上肯定一直会有悲伤之鸟在筑巢吧。

一定还有另一个盒子，里面装着所有美好的东西，比如阳光、爱、树木等等。

如果谁有幸打开了那个盒子，盒子的底部是不是也会有一件坏东西呢？也许是"烦恼"。即使一切看起来都那么好，我还是担心某个地方会出问题，然后把一切都改变。

在那个小宝宝去世之前，爸爸、妈妈还有我，看起来就是幸福的一家人。那个小宝宝真的死掉了吗？只因她没有了呼吸，我们就认定她死了？她的生与死，是不是同时发生的？有人会在出生之前就死掉吗？

菲比家似乎也并不和睦，在那个疯子和那些神秘的信件出现之前，在温特博特姆夫人尚未失踪的时候，也是这样。我理解菲比，她只能相信她妈妈是被绑架了，因为实在想不到她妈妈还会因为其他的什么原因而离开。我想打电话给菲比，告诉她，也许她妈妈去找什么东西了，也许她妈妈只是不高兴了，也许她对此只能束手无策。

我把这段故事告诉爷爷奶奶时，爷爷说："你是说这和佩比无关吗？"他们面面相觑，什么也没说，但从他们的眼神中，我可以看出，我刚刚应该说了什么很重要的话。我第一次领悟到，也许妈妈的出走与我一点关系也没有。这是不同的两件事情，并不相关，妈妈并不是我们的私有物品。

菲比做完口头报告的那天晚上，我想到了潘多拉魔盒里的希望。也许当一切看起来十分悲观的时候，菲比和我都可以拥有希望——事情一定会开始好转的希望。

第二十八章

布莱克山

看到布莱克山的第一眼，低语声又变了，再一次开始命令："快点，快点，快点！"我们在南达科他州浪费了太多的时间。

只剩下两天了，但是我们还有很长的路要走。"也许我们不应该在布莱克山停留了。"我建议。

"什么？"爷爷说，"不在布莱克山停留？不在拉什莫尔山停留？这可不行！"

"但是今天都十八号了。已经第五天了。"

"谁说我们一定得在什么时候之前到达吗？"爷爷疑惑地问道。

"见鬼，我们一直浪费时间在……"奶奶看了爷爷一眼。

"我们一定要去看看布莱克山,"爷爷坚持,"我们会准时到达的,乖宝。"

低语声又开始催促我:"快点,快点,快点!"我知道我们不可能准时到达爱达荷州了。

我很想趁爷爷奶奶专心欣赏布莱克山的时候偷偷溜走,也许我可以拦下另外一辆开得快一点的车,但是一想到那些快车要在这弯弯曲曲的路上疯狂地左摇右晃,一路狂飙,急冲而下,最后到爱达荷州的刘易斯顿——对此我早就有所耳闻。每当想到这里,我又困惑和不知所措。

"真见鬼,"爷爷抱怨道,"我真应该把方向盘让给你,乖宝,一天到晚像个傻瓜一样开车,真的让我抓狂。"

虽然他只是开玩笑,但他知道我会开车。在我十一岁的时候,爷爷就教我开过他的旧皮卡,我们经常一起绕着农场的泥土路走,我开车,爷爷坐在旁边,边抽着烟斗边给我讲故事。

　　他总是叮嘱我："乖宝，你已经是个不错的司机了，但是你不要告诉你妈妈我教你开车，她要是知道了，会把我骂死的。"

　　我以前很喜欢开那辆老旧的绿色皮卡。我还梦想着到了十六岁就去考个驾照，但是后来妈妈离开了，我整个人都变了。很多以前我不害怕的东西，现在反而让我害怕，开车就是其中之一。我甚至都不喜欢坐车了，更别说开车。

　　布莱克山其实一点都不黑。山上到处都是松树，也许泥土是黑色的，但是如果你在正午的时候看这些泥土，它们实际上是墨绿色的。

　　连绵不断的布莱克山，冷冷的风吹过松林，树叶沙沙作响，像是在分享着什么秘密，这景象还真的是有点恐怖。

　　妈妈一直都想来看布莱克山，这是她那次旅途中最心驰神往的风景之一。她以前总是跟我提到布莱克山，说它对苏族印第安人来说是如何神圣，这是他们的圣地，但是白人把它据为己有。苏族印第安人从没放弃过斗争，他们一直想要回这块土地。我倒希望有一个苏族印第安人拦住我们的车，不让我们进山，那时我会站在他们那一边，我会对他们说："拿走，这是你们的。"

我们驱车从布莱克山来到了拉什莫尔山的美国总统巨石像公园。刚开始我们还以为走错了路，后来，天啊，目的地就这么出现在我们面前。那陡峭的崖壁上是几幅六十英尺高的石像——华盛顿、杰斐逊、林肯、泰迪·罗斯福①——这些人物的头像被雕刻在岩石上，像是在严肃地俯视着我们。

能看到总统当然很好，我也没有想要反对总统的意思，但是想一想，苏族印第安人该有多伤心啊，他们的圣山上居然刻着这么些白人的脸庞。我相信妈妈也会很伤心。我想知道雕刻这些头像的人为什么没有想过也雕刻一些印第安人。

爷爷奶奶估计也很失望。奶奶甚至都不想下车，

---

① 即西奥多·罗斯福。

我们没待多久就走了。

爷爷说:"南达科他州我是待够了,你呢,乖宝?还有你,傻老太婆?我们继续往前走吧!"

当天下午,我们就到达了怀俄明州,我一直在算着我们还剩下多少英里,也许我们能按时到达,但只是也许。后来,爷爷说:"我希望没有人介意我们在黄石公园停留一下,因为错过黄石公园简直就是罪过。"

奶奶回答:"就是有老忠实喷泉的那个黄石公园吗?我要去看老忠实喷泉。"说完,奶奶转头看向我。

"我们很快就能看完。放心,我保证我们能够在二十号之前到达爱达荷州!"

第二十九章

涨潮了

"佩比的妈妈打电话来了吗？"奶奶问道，"她回家了没有？佩比报警了吗？唉，我真希望这不是一个悲伤的故事。"

菲比真的去了警察局。那天英语课上，伯克威老师给我们读了关于潮汐与旅行者的一首诗，这首诗让我和菲比都不太开心。我想，就是这首诗，让菲比最终决定要去警察局告诉警察她妈妈失踪的事情。

伯克威老师读的诗是朗费罗写的《潮涨潮落》。

伯克威老师读这首诗的时候，你几乎可以听到潮涨潮落、潮涨潮又落的声音。在诗里，一个旅行者急匆匆地要赶往一个城市，天越来越黑，大海呼唤着旅行者。最后，海浪"用它们那柔软的白色手掌"，抹平了旅行者匆匆的脚印。第二天早晨：

　　　天又亮了，

　　　但永远不再有旅行者回到海滩，

　　　潮起，潮又落了。

　　伯克威老师问我们对这首诗的想法。梅甘说这首诗像风一样温柔，差点让她睡着了。

　　"温柔?"我质疑道，"这很恐怖。"

　　我的声音都在发抖："有个人顺着海滩走着，天越来越黑，这个人一直在往后看，害怕有人跟上来，然后一个滔天大浪朝他打了过来，把他拖到了海里。"

　　"这是一起谋杀案。"菲比说道。

　　我滔滔不绝地说开了，好像这是我的诗，我是个诗歌行家。"海浪，用它们那'柔软的白色手掌'抓住了旅行者。它们把他淹死了，它们杀了他。他死了。"

本说道："也许他没有被淹死。也许他只是死去了，像正常人一样死掉了。"

菲比坚持："他被淹死了。"

我也说："这不是正常的死亡。这不正常，这太恐怖了。"

梅甘问道："上天吗？老天吗？"

玛丽·卢问："上天？诗里面有说到上天吗？"

本说："也许死亡本身就可以是正常的，也可以是恐怖的。"

下课铃响了，我冲出了教室。菲比追上我，对我说："跟我来。"她从她的储物柜里拿了证据给我看，证据是她从家里带来的。我们俩一起跑了六个街区来到了警察局。我也不是很确定为什么我会跟着菲比去报警。

也许是因为那首关于旅行者的诗，也许是因为我开始相信是那个疯子作的案，也许是因为我钦佩菲比敢于采取行动的勇气。我真希望我能像她一样，在妈妈离开的时候采取了某些行动——尽管我自己都不知道我能做什么，但是我还是希望能做些什么。

我和菲比在警察局外面待了足足五分钟才让我们狂跳的心脏慢慢平息下来，然后我们走进了警察局，站在了柜台边。柜台的另一边是一个长着两只大耳朵的瘦瘦的警察，他正在一个黑色的本子上写着什么。

"你好。"菲比喊道。

"我马上过来。"他回答道。

"事情很紧急，我要跟你们说一起谋杀案。"菲比说道。

"谋杀案？"他很快地抬起了头。

"是的，"菲比说道，"也可能是绑架。但是绑架可能会变成谋杀。"

"开玩笑吧？"

"不，不是玩笑。"菲比回答。

"稍等一会儿。"他对一个稍胖的穿着深蓝色制服的女警低声说了几句。那个女警戴着镜片厚厚的眼镜。

"你俩是不是在书上读到什么吓人的故事了？"她

问道。

"不，不是。"我回答。显然，有了我的支持，事情迎来了一个转机。但是我很不喜欢那个女警看我们的那个眼神——好像我们是两个傻瓜。我真的希望她能理解菲比为什么如此沮丧，我希望她相信菲比。

"那么请问，是谁被谁绑架并有可能被杀害？"女警继续问道。

菲比回答："我妈妈。"

"哦，你妈妈。那请进来吧。"她的声音突然变得非常温柔，好像她在跟小朋友说话一样。

我们跟着她走进一间被玻璃隔开的屋子里面。一个大块头的男人坐在桌子后面，他有着巨大的脑袋、粗粗的脖子、宽厚的肩膀。他还有着一头鲜艳的红头发，脸上长满了雀斑。我们走进去的时候，他甚至都没有微笑一下。那个女警把我们所说的话重复给那个大块头。男人听了后，盯着我们看了好半天。

他们叫他比克尔中士，菲比把事情的来龙去脉告诉了他。她告诉比克尔中士她妈妈突然不见了，然后卡达瓦夫人送来了一张便条，还有卡达瓦夫人失踪的丈夫，还有那丛被卡达瓦夫人移到另一个地方的杜鹃花，最后，她讲到那个疯子以及那些神秘的信件。这个时候，比克尔中士问道：“是什么样的信？”

看样子菲比早有准备，她从书包里把那些信件全部拿了出来放到中士的桌上，而且都按照它们被收到的顺序给排好了。中士大声地读了每一封信。

“不要随意评价别人，除非你穿上他的鹿皮靴走过两个月亮。”

“每个人都有自己的议事日程。”

“人生道路中，什么才是最重要的事情？”

“如果不能阻止悲伤之鸟飞过你的头顶，至少可以不让它们在你的头上筑巢。”

中士抬头看着坐在我们旁边的女警，他轻微地噘了噘嘴，对菲比说：“这些信件跟你妈妈失踪有什么关系？”

“我不知道，”菲比回答，“这也是我想让你们帮我弄清楚的。”

比克尔中士让菲比拼写出卡达瓦夫人的姓。“就是‘死尸’的那个单词。”

“我知道了，还有其他什么吗？”

菲比拿出那个装着她妈妈头发的信封。“也许你们应该分析一下这些头发。”她建议道。

中士看着那个女警，他的嘴再一次轻轻地噘了一下。那个女警取下她的眼镜，轻轻地擦着镜片。

他们好像根本没把我们说的话当一回事。我感到我的犟驴脾气又上来了。我提醒说菲比找到过疑似血渍的斑点，并用胶带做了标记。

“但是我爸爸把胶带撕掉了。”菲比说。

比克尔中士说：“不好意思，我出去几分钟。”他让那个女警陪着我们，然后他离开了房间。

那个女警问菲比在学校的情况，还问了她家的情况。她好像有无数的问题要问。我一直想知道那个中士到底去哪里了，也不知道他什么时候回来。他好像走了一个多小时了。

中士的桌上有三个相框，我很想俯身去看看那些照片，但是我又不好意思，我怕那个女警认为我太喜欢管闲事了。

最后，比克尔中士回来了，不过跟在他后面的是菲比的爸爸。菲比看起来完完全全松了一口气，但是我知道菲比的爸爸来到警察局绝对不是个巧合。

"温特博特姆小姐，"比克尔中士说，"你父亲来接你和你的朋友回家了。"

"但是……"菲比说道。

"温特博特姆先生，我们保持联系。如果您需要我去跟卡达瓦夫人聊一下的话……"

"哦，不需要，"温特博特姆先生赶紧回答，他看起来很尴尬，"真的，真的不需要，我很抱歉。"

我们跟着温特博特姆先生走出了警察局，在车里面他什么都没说。我本以为他会先把我送回家，但是他没有。我们到达菲比家的时候，他只说了一句话："菲比，我会去跟卡达瓦夫人谈谈，你和萨拉坐在这里等我。"

卡达瓦夫人那里也没有更多的消息，她所知道的就是温特博特姆夫人说她很快还会再打电话过来。

"就这样？"菲比问道。"你妈妈还问了关于你和普鲁登丝的情况，卡达瓦夫人告诉她你们两个都很好。"

"我不好，"菲比说，"卡达瓦夫人能知道什么呀？而且，所有这些事情都是她搞出来的。你应该让警察找她谈谈，你应该去问一下她为什么要移动杜鹃花丛，你应该去搞清楚那个疯子到底是谁，很可能是卡达瓦夫人雇用了那个疯子，你应该……"

"菲比，你的想象力简直满天飞。"

"才没有呢，妈妈很喜欢我，她不会什么都不说就离开我。"

然后，他爸爸突然开始哭了起来。

第三十章
私闯民宅

"真是的!"爷爷感叹道,"盘旋在佩比家上空的悲伤之鸟太多了!"

奶奶也说:"你很喜欢佩比,不是吗?萨拉曼卡。"我真的很喜欢菲比,尽管她总是说那些荒诞的故事,还有她对胆固醇的疯狂偏执以及她那些令人恼火的评论,但是菲比身上就像有磁铁一样,吸引着我。

我被吸引到了她那里。我非常肯定的是,所有这些奇怪的行为下面藏着一个由于恐惧而不知所措的女孩。

而且,很奇怪的是,她像另一个版本的我——她有时做的事情就是我一直想做的。

我没想到菲比真的会闯到卡达瓦夫人的家里去。菲比上床睡觉前看到卡达瓦夫人穿着护士服开车离开了家，菲比一直等到她爸爸睡着了，然后才打电话给我，"你必须马上过来，"她说，"事情很紧急。"

"但是，菲比，已经很晚了，天又黑。"

"萨拉，很紧急。"

我到的时候菲比正在卡达瓦夫人家门口等着我。卡达瓦夫人家里没有灯光。菲比说："来啊。"然后便开始往里走。我承认，我不想去。"我就很快地看一眼。"她说。

她猫着身子溜到走廊上，站在门边。她先立着耳朵听着，敲了两次门，然后转动门把手。门居然没有锁！

我本以为菲比不会走进去，但她进去了，我只好跟在她后面。我们站在黑黑的门厅里面，发现门厅的右边是一间房，街上的灯光从房间的窗户透了进来，我们就转向了那个房间。

黑暗中，有人喊我："萨拉？"我们两个人吓得差点跳窗逃走了，我开始往门边退。

"是鬼魂。"菲比说道。

"到这里来。"那个声音接着说。

当我的眼睛适应了黑暗的光线时，我看到了有人蜷缩在房间角落的椅子上。当我看到手杖的时候，我松了一口气。

"是帕特里奇夫人？"

"到这里来，"她对我说，"你跟谁在一起，是菲比吗？"

"是的。"菲比大声地回答，声音还有点颤抖。

"我正好坐在这里看书。"帕特里奇夫人说。

"这里怎么这么黑？"我说着，撞到了一张桌子。帕特里奇夫人发出她那奇怪的笑声。"总是那么黑啊，我又不需要灯光，如果你需要，你可以去开灯。"

在我跌跌撞撞到处去找开关时，菲比就站在门厅那里，一动不敢动。"找到灯了，"我说，"现在好多了"。

帕特里奇夫人坐在一个巨大的、堆了好多垫子的椅子上面。她穿着一件紫色的浴袍，脚上的粉色拖鞋在脚指头处有耷拉着的兔子耳朵。她的腿上放着一本书，她的手指正放在翻开的书上。"这是布来叶盲文吗？"我边问边朝菲比招手，让她过来。我害怕她要跑出去，把我一个人留在这里。

帕特里奇夫人把书递给我，我用手指摩挲着那些凸起的文字。"你怎么知道是我们两个？"我问。

"我当然知道，"她回答道，"你走路的声音很不一样，还有，你有一种特别的味道。"

"这本书叫什么名字？它讲什么？"

帕特里奇夫人说："《午夜谋杀案》。是个悬案。"

菲比惊讶地叫了一声"啊"，然后紧张地环顾着整间屋子。

每次来这间房间我都能看到一些稀奇古怪的东西，这是个令人恐惧的地方。房间四周的墙上都是书架，书架上堆满了满是灰尘的老旧书籍。地板上铺着三块小地毯，地毯上的图案是黑暗的扭曲的野生动物。沙发上盖着一张熊皮。

沙发后面的墙上是两个巨大的表情狰狞的非洲面具。面具的嘴巴张得很大，好像正在发出尖叫。无论在这个房间的哪个地方，你总能看到让人毛骨悚然的东西：一个松鼠标本，一个龙的形状的风筝，一头身上插了一把标枪的木牛。

"天啊，"菲比说，"这么多……多……不寻常的东西。"她蹲下去检查地板上的一个印记。

"怎么啦？"帕特里奇夫人问道。

菲比跳了起来，说："没什么，没什么。"

"我掉了东西在地板上吗？"帕特里奇夫人问道。

"没有，地板上没什么东西。"菲比回答道。

斜靠在沙发后面的是一把巨大的剑，菲比仔细地查看着剑锋。

"小心点，别划伤你自己。"帕特里奇夫人说。

菲比往后走了几步，我突然有点不安，因为帕特里奇夫人能够看到菲比在做什么，即使她什么都看不见。

帕特里奇夫人说："难道这不是个很棒的房间吗？非常棒，而且有点'奇特'，我想。"

"我和菲比要走了。"我开始向门那里走去。

"顺便问一下，"当我们走到门厅的时候，帕特里奇夫人问我们，"你们想到这里来找什么？"

菲比看着我，我看着菲比。"我们正好路过，"我撒谎，"我们就想着来看看能不能帮点忙。"

"你们真好。"帕特里奇夫人拍着她的膝盖回答道。

"哦，菲比，我想我见到了你哥哥。"

菲比回答："我没有哥哥。"

"是吗？"帕特里奇夫人拍了拍她的头，"我想这个脑袋不如以前那么好使了。"我们走的时候，她说："天啊，你们这两个姑娘睡得太晚了。"

在外面的时候，菲比说："我要把所有的东西列一个清单，好让警察去调查：剑、地板上可疑的痕迹，还有我在地板上捡到的几根头发丝。"

"菲比，你说你妈妈不可能什么都不说就离开，是吗？但是，她也许会这样做的。一个人——一位妈妈——有可能会这么做的。"

菲比说："我妈妈不会这么做，因为我妈妈爱我。"

"她爱着你，但也许她有无法解释的原因要离开。"我在想着妈妈走的时候留给我的信，"也许她太难过了，所以没办法解释。也许这是一个一辈子的问题。"

"我不知道你到底想说什么！"

"她也许不会回来了，菲比——"

"闭嘴，萨拉。"

"她也许不会……我想你应该有心理准备……"

"她会回来的。你知道你自己在胡说什么吗？你真是糟透了。"菲比跑回了家。

我回到家，悄悄溜回自己的房间。我想起菲比曾经给我看她收藏在房间里的东西，让她想起她妈妈的一些东西——一张手工做的卡片，一张菲比和她妈妈的合影，还有一块薰衣草香皂。每次菲比从衣柜里抽出一件衣服，她都说她会想起她妈妈站在熨衣板旁边帮她熨烫衣服的样子。菲比床对面的墙被涂成了紫罗兰色。

她告诉我："我妈妈去年才帮我刷成这个颜色，底下的边还是我装饰的。"

我明白菲比是怎么回事，也知道她为什么会这样。妈妈离开的时候我也做过同样的事情。爸爸是对的，拜班克斯的房子里到处都是妈妈的影子，田野里和谷仓里也是。她无处不在。看到什么东西，我都会想到她。我们搬到欧几里得后，我拿出来的第一件行李便是妈妈给我的礼物。在墙上，我贴上了一张红色母鸡的海报，这是我五岁生日的时候妈妈送给我的礼物；还有一张谷仓的画，是她去年给我的生日礼物。

我的桌上是妈妈的照片，还有她送给我的卡片。书架上是妈妈送给我的木刻小动物，还有书。

有时候，我会一直在房间里面转圈，一件一件地看着妈妈送给我的这些礼物，回想起她送我这些礼物的日子。

我试着去回想那天的天气如何，我们是在哪个房间，我穿着什么衣服，她又说了什么话。这不是游戏，对我而言这是一件非常必要且非常重要的事情。

如果我不做这些事情，不去回忆这些场景，妈妈也许就这么永远消失了。她也许再也不会回来了。

我还从她的衣柜里拿了三样东西放在我的橱窗里面：一个红色的带着流苏的披肩，一件蓝色的毛衣，还有一条黄色碎花的棉质连衣裙。这三样东西也是我最喜欢的，这三样东西上还留着她的味道。

妈妈离开前曾对我说过，如果你幻想着什么事情发生，你就真的可以让它发生，比如说，如果你想跑步，你可以幻想你自己在跑步，跨过终点，然后触线！到那个时候，幻想就会变成现实。

唯一一件我不明白的事情是，如果每个参加比赛的人都幻想自己赢得了比赛，那会怎么样？

她离开之后，幻想依然是我喜欢做的事情。我幻想着她去拿电话，然后幻想她准备打电话。

我幻想她按下的是我们的电话号码，然后我们的电话响了。

但是电话没有响。

我幻想着她坐巴士回到拜班克斯，我幻想着她走在门口的小路上，我幻想着她打开了门。

这也没有发生。

从卡达瓦夫人家回来之后的那个晚上，我就一直幻想着这些，我也想到了本。我突然有种冲动，我想跑去芬尼家问他，他妈妈在哪里，但是天太晚了，芬尼家的人肯定都睡了。

所以，我躺在那里想起了那首关于旅行者的诗，我甚至看到了海浪升起又落下，还看到了海浪用那恐怖的白色手掌把旅行者拖到了海里。那个旅行者的故事，怎么会是正常的呢？这样的事情怎么可能既正常又恐怖呢？

我整个晚上都没有睡着。我害怕如果我闭上眼睛，就会看到海浪，还有海浪那恐怖的白色手掌。

我想到了温特博特姆先生的哭声，这真是最令人伤心的事情。这比看到我爸爸哭泣更令人伤心，因为我爸爸是这样的人——他如果觉得很难受就会哭出来。但是我从没想过温特博特姆先生也会哭——温特博特姆先生是那么坚强。

　　我第一次发现，原来他是那么在乎温特博特姆夫人。

　　天一亮我就赶紧给菲比打电话："菲比，我们要找到她。"

　　"这就是我要告诉你的。"菲比说。

第三十一章
照片

用帕特里奇夫人的话来说，第二天是最"奇特"的一天。

菲比带着另外一封信来到学校，那是她当天早上在家门口新发现的，信上写着：

"不到井水干涸，我们永远不知道水的重要性。"

"这是个新线索，"菲比说，"也许我妈妈被藏进了一口井里。"

我在去储物柜的路上碰到了本，空气中弥漫着那股葡萄柚的香气。"你的脸上有东西，"他一边说着，一边用柔软温暖的手指擦了擦我的脸，"应该是早餐。"

不知道是什么神奇的力量控制着我，我居然情不自禁想要去靠近他。我不听使唤慢慢凑了过去，但他早就关上储物柜，并转开了身，所以我只碰到了冷冰冰的金属柜门。

"萨拉，你真的有点古怪。"他说。

亲吻是世界上最复杂的事情，不但双方之间需要同时产生一种共鸣，而且你还得保持不动，这样才能保证亲到对方。虽然我最终碰到的是冷冰冰的金属柜门，但是我却感到很庆幸，我不知道自己为什么会如此情不自禁，也无法想象事情的后果——如果我真的碰到了本，这事情想想就令人害怕。

不管怎么说，后来那一整天，我还是成功管住了自己。

伯克威老师大步走进教室，怀里抱着我们的日记本——我早把日记的事情忘得一干二净了。伯克威老师高兴地在教室里跳了起来，喊着："非同凡响！难以置信！不可置信！"

他说他迫不及待地要和全班同学分享这些日记。

玛丽·卢问道："和全班同学分享？"

伯克威老师说："别担心！每个人都有了不起的事情可以分享。我还没有读完，但我还是想马上和大家分享其中的一些。"

教室里的每个人都显得惴惴不安，我也一直在回想我写了些什么。玛丽·卢向我靠过来，说："我不担心。我特意在日记前面写了一段话，请伯克威老师不要读我的日记，因为我的日记里有隐私。"

伯克威老师微笑地看着眼前每一张紧张的脸。"不要担心，"他说，"我会把日记里提到的所有名字都换了，并用这张黄色的纸遮盖住日记本的封面，这样你们就不知道我读的是谁的日记了。"

本打报告说要去洗手间；克里斯蒂说她有点不太舒服，请求伯克威老师同意她去医务室；菲比也要我摸摸她的额头，她觉得自己肯定发烧了。如果是平时，伯克威老师会同意大家去洗手间或者医务室，但这次，他说："大家不要诈病啦！"他拿起一个日记本，大家还没来得及看清楚日记本的外观，伯克威老师就迅速用那张黄色的纸盖住了封面，因此大家无法判断出是谁的日记。

每个人都深深吸了一口气，不难看出，大家都紧张到不行，就像紧绷着一根弦等待着伯克威老师宣读谁的判决。伯克威老师开始读了：

> 我想，贝蒂（你会发现这是个改过的名字，因为学校里没有叫贝蒂的人）肯定会倒大霉，因为她总是每五秒钟就会说："我的天啊！"

玛丽·卢的脸都涨得发紫了。"谁写的？"她问，"克里斯蒂，是不是你？我猜一定是你写的。"

克里斯蒂低头看着她的书桌。

"我没有每五秒钟就说一次'我的天啊'。我没有。我也不会倒大霉。我说的一直是"全能的"。我说的是全能！还有，阿尔法和欧米伽！"

伯克威老师急切地想要解释这篇文章好在哪里。他告诉我们，大部分人都没有意识到自己所使用的词。例如，"我的天啊"这样的表达会让别人觉得不太舒服。玛丽·卢转向我，说："他是认真的吗？他真的相信我说的'我的天啊'会让那个牛脑袋克里斯蒂感到不舒服？——不过，算了，我以后再也不会说这个词了。"

克里斯蒂露出虔诚的神情，就好像真的有神仙从天而降，坐到了她的桌子上。

伯克威老师快速换了另一篇日记。他读道：

> 琳达（我们班也没有琳达这个人）是我最好的朋友。我把所有事情都告诉她，她也把所有事情都告诉我，虽然有些事情我并不想知道。例如，她早餐吃什么，她爸爸穿什么样的睡衣，还有她的新毛衣多少钱。有时候，这样的事情没什么意思。

伯克威老师喜欢这篇文章，因为它告诉我们，最好的朋友也可能给我们制造烦恼。贝丝·安在座位上转过身来，对着后面的玛丽·卢抬了抬眉毛，做着怪异的表情。

伯克威老师在同一本日记上翻到另外一篇，读了起来：

> 我认为杰里迈亚是个猪头。他的皮肤是粉色的，他的头发总是打理得又干净又有光泽……但他真的是个笨蛋。

我想玛丽·卢差点要从她的椅子上掉下去了。亚利克斯就有着粉色透亮的皮肤。他涨红了脸转头看向玛丽·卢，就好像玛丽·卢刚把一块烧得红通通的烙铁插进了他的心脏一样。玛丽·卢结结巴巴地说着："不……我……不……不是你想的那样……我……"

伯克威老师之所以喜欢这篇日记，是因为它展示了对某一个人的复杂情感。

"我觉得的确就是这样的。"亚利克斯回答。

下课铃响了，你几乎能听得到那些没被读到日记的同学大大地松了一口气。不过很快，大家马上就像一窝麻雀一样叽叽喳喳个没完："嘿，玛丽·卢，看看亚利克斯粉色的皮肤。""嘿，玛丽·卢，贝丝·安的爸爸穿什么睡觉呀？"

贝丝·安站在玛丽·卢面前不远处。"我没有喋喋不休，"贝丝·安说，"你这么说我太不够义气了。我没有把什么事情都告诉你。我为什么会告诉你我爸爸穿什么睡衣，如果你还记得，是因为我们那时候正在聊男士泳装比女士泳装舒服多了，还有……"她不停地解释着。

玛丽·卢想穿过教室去找亚利克斯，有着粉色透亮皮肤的亚利克斯正站在教室另一头。"亚利克斯！"她喊道，"等等！我是之前写……等等……"

一切都乱糟糟的。我很高兴我离开了那儿。菲比和我打算再去一趟警察局。

我们走进警察局，直接找到比克尔中士。菲比把最新收到的那封信丢在他的桌子上，把她收集到的卡达瓦夫人的头发倒在信上面，再把她写的"需调查事宜"清单放在头发上面。

比克尔中士皱了皱眉，说："我想你们两位姑娘还是没搞清楚情况。"

"你这个笨蛋。"菲比立刻生气地骂道，她一把抓起那封信、头发和她的清单冲出了那间办公室。

比克尔中士赶紧追了过去，我在原地等着，想着比克尔中士会把菲比带回来，让她冷静下来。我看着比克尔中士桌子上的照片，上一次来的时候没能看清。其中的一张照片是比克尔中士和一个长相友善的女人——我猜是他的妻子。

第二张照片是一辆闪亮的黑色汽车。第三张照片是比克尔中士和他的妻子以及一位年轻男子的合影——我想，年轻男子应该是他们的儿子。我往前凑了凑，想看得更清楚。

我认出了他儿子。就是那个疯子。

第三十二章
鸡和黑莓之吻

　　在怀俄明州，爷爷像赶着去救火一样一路狂飙，我们在蜿蜒的道路上驶过，两旁的树挨着车道，划过车身，发出"快点，快点，快点，快点，快点"的声音。路边的河流沿着弯曲的道路蜿蜒而下，河水翻滚着，咆哮着，"赶紧，赶紧，赶紧。"

　　到达黄石公园的时候天色已晚，我们能看的只有温泉了。走过铺在泥地上的栈道，底下的泥地不断冒着泡泡。（"万岁，万岁！"奶奶说道。）我们住在了"老忠实小旅馆"的"边境小木屋"里。我从未见过奶奶如此兴奋，她已经巴不得赶紧到明天早上了。"我们要见老忠实喷泉了。"她一遍又一遍地说着。

"看老忠实喷泉应该不需要太久，对吗？"我问道。我感觉自己简直就是一头固执的蠢驴，老是问这样扫兴的问题，奶奶对老忠实喷泉是那般期待！"萨拉曼卡，别担心，"奶奶说，"我们看完老忠实喷泉就继续赶路。"

我整晚都对着屋外的榆树祈祷，祈祷我们不会遇到意外，祈祷我们能够按时到达爱达荷州的刘易斯顿，不要错过妈妈的生日，祈祷我们能她带回家。后来我发现我所祈祷的事情全都错了。

当晚，奶奶兴奋得睡不着觉。她不着边际地说着各种各样的事情。她对爷爷说："还记得你在床下找到的买鸡蛋的男人写的那封信吗？"

"我当然记得。我们当时为那封信大吵了一架。你告诉我，鬼才知道床垫下怎么会有一封信，你说是买鸡蛋的男人偷偷溜进了卧室，把信放在那里的。"

"我想告诉你是我把信放在那里的。"

"我知道，"爷爷说，"我还没傻到那个地步。"

"那是我收到的唯一一封情书，"奶奶说，"你从来没有给我写过任何情书。"

"你从来没说过你想要一封情书。"

奶奶对我说:"你爷爷差点因为那封信把买鸡蛋的男人给杀害了。"

"见鬼,"爷爷说,"他可不值得。"

"他也许不是,但是格洛丽亚却是。"

"啊,是的,"爷爷说着把手放在胸口,假装很着迷的样子,"格洛丽亚!"

"闭嘴,"奶奶说着,翻身转到另一边,"告诉我佩比的事情。说说那个故事,但是不要把故事说得太让人伤心。"她双手抱在胸前,说:"告诉我那个疯子怎么样了。"

当看到比克尔中士桌上那个疯子的照片时,我简直是比闪电还快地冲出了办公室。我看到了比克尔中士,他站在停车场,但是菲比早已不见踪影,所以我直接向她家跑去。当我经过卡达瓦夫人屋前的时候,帕特里奇夫人在门前叫住了我。

"您打扮了一下,"我说,"是要去哪里吗?"

"噢，是的，"她说，"我准备好了。"她用蛇形拐棍左右探着路，摇摇晃晃地走下台阶。

"您要走路？"我问道。

她弯下腰摸了摸自己的腿。"当你像我一样移动你的双腿时，这个动作难道不叫'走'？"

"不，我的意思是您想走着去您要去的地方吗？"

"噢，不，我的腿走不了那么远。吉米会来这里接我，他应该很快就到了。"一辆车停在房子前面。"他来了。"她说。她对开车的那位喊道："我准备好了。我说过我会做到，我做到了。"

司机跳下车。"萨拉？"他说，"没想到你们是邻居。"开车的是伯克威老师。

"我们不是，"我说，"菲比是她的邻居。"

"是吗？"他一边问，一边为帕特里奇夫人打开车门。"妈妈，上车吧，快点。"

"妈妈？"我看着帕特里奇夫人说，"他是您的儿子？"

"为什么这么问？当然啦，"帕特里奇夫人说，

"这是我的小吉米。"

"但是他姓伯克威……"

帕特里奇夫人说："我曾经也姓伯克威，后来就变成了帕特里奇。我现在还是姓帕特里奇。"

"卡达瓦夫人又是谁?"我问。

"我的小玛吉，"她说，"她也曾经姓伯克威，但她现在姓卡达瓦。"

我转头问伯克威老师："卡达瓦夫人是您姐姐?"

"我们是双胞胎。"伯克威老师回答。

他们开车离开以后，我敲了菲比家的门，但是没有人回应。回到家，我给菲比打了无数次电话，没有人接。

第二天到学校见到菲比，我总算松了一口气。"你昨天去哪儿了?"我问，"我有事情要告诉你。"

她转身离开。"我不想说，"她说，"也不想讨论。"

我不知道她是怎么了。那真是糟糕的一天。我们考了数学和科学。午饭时间，菲比没有理睬我。接着又是英语课。

伯克威老师连蹦带跳地进了教室。大家咬着手指，跺着脚，全都坐立不安，就像得了痔疮一样，大家很担心伯克威老师会不会又要读日记。我盯着他。他和玛格丽特·卡达瓦是双胞胎？这可能吗？知道这个真相后，我最失望的一点是：他不可能爱上卡达瓦夫人，也不可能娶她并带她走了。

伯克威老师打开壁柜，拿出我们的日记本，拿起一本，用黄色的纸迅速盖到日记本封面上，读了起来：

> 我喜欢简。她很聪明，但是她做事的时候又不像一个懂事的人。她很可爱。她身上的味道很好闻。她很可爱。她让我感到开心。她很可爱。

我的整双手都是刺刺痒痒的感觉，我很好奇，是不是本在写我，但是后来我突然意识到，本写日记的时候还不认识我。大家都坐不住了，教室里发出了一阵叽叽喳喳的嘈杂声。克里斯蒂面带微笑，梅甘也面带微笑，贝丝·安和玛丽·卢也面带微笑。教室里的每个女生都在笑，每个女生都认为这篇日记写的是自己。我小心翼翼地看着每一个男生。亚利克斯正漫不经心地看着伯克威老师，然后我看到本，他坐在那里，双手捂住耳朵，低头看着他的桌子。那种刺刺痒痒的感觉一直向上游走到我的脖子，接着又向下传递到脊柱。是他写的，但是他所写的不是我。

伯克威老师感慨道："噢，我的爱，啊，我的生命！"伯克威老师叹了一口气，拿出另外一本日记，读道：

> 简对男生一无所知。她曾经问我亲吻是什么样的感觉，所以你可以推测她从来没有亲吻过任何人。我告诉她，亲吻的感觉就像吃鸡肉。她居然相信了。有时候她真的很笨。

玛丽·卢从她的椅子上跳起来。"你这个笨蛋，"她对贝丝·安说，"你这个牛脑袋。"贝丝·安窘迫地用手不断绕着自己的一缕头发。玛丽·卢说："我没有相信你，我知道亲吻的感觉，才不是吃鸡肉的感觉。"

本画了幅卡通画——两个人紧靠在一起，在他们的头顶上方画着一个卡通泡泡和一只发出"咯，咯，咯"声音的鸡。

伯克威老师又在同一本日记上翻了几页，继续读道：

> 我讨厌做这件事。我讨厌写日记。我讨厌阅读。我讨厌日记。我特别讨厌英语课，讨厌老师只教一些愚蠢的符号。我讨厌那些关于下雪的树林的蠢诗，我还讨厌人们说树林代表着死亡、美或者任何你渴望的老掉牙的东西。我讨厌这些。也许树林就是树林而己。

贝丝·安站了起来。"伯克威老师，"她说，"我真的讨厌学校，真的讨厌书，我真的讨厌英语，我讨厌符号，我最讨厌的就是这些愚蠢的日记。"

教室里响起一阵嘘声。伯克威老师盯着贝丝·安看了足足一分钟，在这一分钟里面，我想起了卡达瓦夫人。就在那短短的一分钟里，他的眼睛突然像极了卡达瓦夫人的眼睛，我害怕他会掐着贝丝·安的脖子。但是，接下来他开始微笑，他那奶牛般的大眼睛再次透出友好的眼神。我想他肯定催眠了贝丝·安，因为贝丝·安慢慢坐了下来。伯克威老师说："贝丝·安，我完全理解你的感受，完完全全理解。我喜欢这篇日记。"

"真的吗？"贝丝·安问。

"你写得很诚实。"

我必须承认，你再也找不到比贝丝·安的日记更诚实的东西了，居然直接告诉她的英语老师她讨厌符号、英语，还有这些愚蠢的日记。

伯克威老师说："我以前跟你的感觉是一样的，不理解这些愚蠢的符号到底有什么意义。"他在桌子上到处翻了翻。"我想给你们看点东西。"他抽出一沓纸，翻了翻。最后，他举起一幅画。"啊，我找到了。

棒极了！这是什么？"他问本。

本回答："很显然，这是一个花瓶。"

伯克威老师在贝丝·安面前举着这幅画。贝丝·安看起来快要哭了。伯克威老师问："贝丝·安，你看到了什么？"一滴小小的泪珠滚落到她的脸颊。"好啦，贝丝·安，你看见了什么？"

"我没有看到任何愚蠢的花瓶，"她说，"我看到两个人。他们正在对视。"

"没错，"伯克威老师说，"太好了！"

"我说对了吗？太好了？"

本说："啊？两个人？"

我也在想，什么两个人啊？伯克威老师对本说："你也是对的。太好了！"他问班上的其他同学："有多少人看到了一个花瓶？"大概有一半的人举手。"有多少人看到了两张脸？"剩下的同学举起了手。

接着，伯克威老师告诉大家为什么会看到两种不同的画面。如果你只看中间的白色部分，你可以清清楚楚地看见一个花瓶。如果你只看边缘黑色的部分，你就能看到两张脸。花瓶的弧线正好就是两个人面对面的轮廓。

伯克威老师说这张画就有点像符号。也许画家只想画一个花瓶，看到这幅画的一些人也只能看到花瓶，这没问题，但是如果有些人看到画上的脸，他们有错吗？对这些人来说，他们看到的就是脸。更令人惊叹的是，你可能两种都能看到。

贝丝·安说："能看到两种画面，有什么用？"

"能看到两种画面，"伯克威老师问，"是不是很有趣？能够发现白雪覆盖的树林既代表死亡，又代表美丽。哇！这就是文学！"

本临摹着那幅画。

我以为伯克威老师当天不会再读日记了，但是他夸张地闭了一下他的眼睛，又从那堆日记的底部抽出了一本。

她把黑莓扔进嘴里，然后环顾四周……

那是我的日记，我几乎听不下去了。

　　她朝着糖枫树的方向走了两步，用手抱住树干，给了那棵树一个大大的吻。

同学们发出笑声。

　　……我想我发现了一抹黑色的痕迹，那是一个黑莓之吻。

本的眼睛穿过教室看向我。伯克威老师读完我妈妈的黑莓之吻后，就接着读我之后怎么亲吻树以及我怎么亲吻不同的树，还有每棵树都有自己的味道，这些味道混在一起就是黑莓的味道。

　　现在，因为本和菲比都盯着我，其他所有人也转头盯着我。"她居然亲吻树？"梅甘说。如果那时伯克威老师没有抓起另一本日记，我真希望我在那一刻能钻进地缝里。他把手指插进日记本中间，翻开，读道：

我非常担心……

伯克威老师直直地盯着那一页，似乎他无法辨认出字迹。然后他又开始读。

菲比飞快地眨着眼。

"继续，"本说，"读完它！"

你也许可以想象伯克威老师有多后悔开始读日记这件事，但是教室里所有的人都大喊着："是的，读完它！"所以他不得不继续往后读。

我相信她把她的丈夫埋在了后院。

下课铃声响起，同学们都沸腾了。"哇！谋杀！这是谁写的？""这是真的吗？"

我跟在菲比后面，以最快的速度冲出了教室。梅甘在我后面喊："你真的亲吻了树？"我冲出教学楼，没看到菲比。

愚蠢的日记，我想着。见鬼了，愚蠢的日记。

第三十三章

家访

在黄石公园边缘的这间"边境小木屋"里，爷爷奶奶都没睡着。"你们还不困吗？"我说。

奶奶说："我也不知道怎么了，就是睡不着。我想知道佩比发生了什么事情。"

"好吧，我告诉你伯克威老师家访的事情，然后今晚就到此为止。"

伯克威老师读我和菲比日记的那天，就是他读到我日记里的黑莓之吻以及菲比日记中的卡达瓦夫人那天的晚饭后，我去了菲比家。在菲比的卧室，我说："我有两件重要的事情要告诉你。"就在这时，门铃响了，我们听到了熟悉的声音。

"听起来像是伯克威老师。"菲比说。

"这是我想告诉你的其中一件事，"我说，"关于伯克威老师——"

卧室门口传来敲门的声音，菲比的爸爸在门口说："菲比？你和萨拉能跟我一起下楼吗？"

我想伯克威老师肯定会在菲比家大发雷霆的，因为菲比在日记里写了他的姐姐。最糟糕的事情是，菲比到现在为止根本不知道卡达瓦夫人是伯克威老师的姐姐。我感觉我们就像等待被宰的羊羔一样，我想，他会带走我们。他带走我们，然后快速把我们消灭掉。我们跟随菲比的爸爸下了楼，伯克威老师坐在沙发上，手里拿着菲比的日记本，看上去十分尴尬。

"这是我的私人日记，"菲比说，"里面的内容是我的隐私。"

"我知道，"伯克威老师回答说，"我想道歉，我把你的日记读了出来。"

道歉？真是让我松了一口气。屋子里太安静了，我都能听到屋外叶子从树上吹落的声音。

伯克威老师咳了两声。"我想解释一下，"他说，"卡达瓦夫人是我的姐姐。"

"你的姐姐？"菲比问。

"她的丈夫已经去世了。"

"我想是这样。"菲比说。

"但是她没有谋杀她的丈夫，"伯克威老师说，"一个醉酒的司机开车撞到了卡达瓦先生的车，我妈妈——帕特里奇夫人——也坐在卡达瓦先生的车上。她没有死，但你们都知道她的眼睛看不见了。"

"噢。"我说。菲比盯着地板。

"大家把卡达瓦先生和我妈妈送到急诊室，我姐姐玛格丽特正好是当天值班的护士。玛格丽特的丈夫当天晚上就去世了。"

当伯克威老师陈述着这一切的时候，菲比的爸爸坐在菲比的旁边，一只手搭在菲比的肩上，这只放在菲比肩上的手似乎就是为了防止菲比蒸发在空气中，从此无影无踪。

"我只是想让你们知道，"伯克威老师说，"卡达瓦先生没有被埋在后院里。菲比，我知道你妈妈的事情，我很抱歉她离开了，但是我向你保证玛格丽特没有绑架或者谋杀她。"

伯克威老师走后，菲比和我坐在门廊前。菲比说："如果卡达瓦夫人没有绑架或者谋杀我妈妈，那么她到底去了哪里？我能做些什么？我应该去哪里找她？"

"菲比，"我说，"我正想告诉你一件事。"

"萨拉，如果你想告诉我她不会再回来了，我不想听。你最好回你自己家去。"

"我知道那个疯子是谁了。他是比克尔中士的儿子。"

接着，我们做了个计划。

当晚回到家里，我满脑子都是卡达瓦夫人。我可以看见她穿着白色护士服在急诊室里忙碌；我可以看见一辆救护车停了下来，蓝灯闪着，卡达瓦夫人快速走到旋转门那儿，头发乱糟糟地散在脸的周围；我可以看见担架床被推了进来，卡达瓦夫人低头看着他们。

我能够想象当她发现躺在担架床上的是她的丈夫和妈妈的时候，她的心跳得有多快，我可以想象卡达瓦夫人伸手触摸她丈夫脸庞的样子。此时的我就像穿上了她的麂皮靴，我能感受我的心跟着她的心一起怦怦直跳，手心不停地出汗。

我开始好奇，从此之后，那些悲伤之鸟应该会在卡达瓦夫人的头上筑巢吧。如果是这样，她是怎样摆脱它们的？她的丈夫死了，她妈妈的眼睛看不见了，这应该都是她的生命中最重要的事情吧。我看见所有人在忙着自己的"议事日程"，只有卡达瓦夫人正发疯般地想要挽留丈夫和妈妈的性命。她后悔过吗？她是否在井水干涸之前才知道水的价值？

我的脑袋里充满了这些信的内容，它们影响了我看待事情的方式。

"奶奶，您困了吗？"我问奶奶。我的声音非常沙哑，我不能再说下去了。

"乖宝，我还没睡着。你睡吧。我在床上躺一会儿，想一些事情。"

她用手推了推爷爷，说："你忘记讲婚床的事情了。"

爷爷打了个哈欠，拍着床说："对不起，傻老太婆，我马上说。"

第 3 篇

沙漠干涸，
但雨水滋润，
你对我的爱，
不是徒劳。

第三十四章
老忠实喷泉

　　第二天本应该是爷爷奶奶生命中最好的一天，但却成了最坏的一天。我早早就被那个不断出现的低语声吵醒了，这是旅途的第六天，明天就是妈妈的生日了。我们需要离开怀俄明州，穿过蒙大拿州，才能到达爱达荷州。爷爷已经起床，奶奶还躺在床上看着天花板。"您是整晚没睡吗？"我问。

　　"没有，"奶奶说，"我不困。我可以晚点再睡。"她爬下床。"走吧，去看老忠实喷泉。我一辈子都在等一个机会去看看它。"

　　"固执的傻老太婆，你真是整颗心都被老忠实喷泉带走了，对吧？"

"当然。"奶奶说。

我们停好车，爬上了一座小山。我真担心奶奶会失望，因为老忠实喷泉看起来没有那么震撼人心，不过是山边一个围着一圈绳子的小山丘。山丘上到处都是泥土，在绳子围着的那片区域中间，大约二十英尺的位置，有一个泉眼。

"见鬼，"爷爷说，"难道我们就不能走近一点了吗？"

我和爷爷走过去想看看老忠实喷泉旁边的一块指示牌，一位巡逻人员匆忙走到我们旁边，大喊："女士！女士！"

"见鬼。"爷爷说。

奶奶正想从绳子下面爬过去，巡逻人员制止了她。"女士，这里用绳子拦着是有原因的。"他说。

奶奶拍了拍裙子上的泥土，说："我只是想看得更清楚一些。"

"别担心，"巡逻人员说，"您会一饱眼福的。请站在绳子后面。"

那块指示牌说老忠实喷泉将在十五分钟后喷水。越来越多的人聚集在绳子的周围。围观的人年龄各异：有还在哭闹的小宝宝，有坐在折叠凳子上的老奶奶，有戴着耳机的青少年，也有卿卿我我的情侣。人们说着各种各样的外语。挨着我们的是一群意大利游客，对面是一群德国人。

奶奶弹着手指，兴致高昂。"时间到了吗？"她一直问着，"是不是快了？"

还有几分钟老忠实喷泉就要喷水了，人群安静了下来，每个人都盯着那个泉眼。每个人都在静静地听。

"时间到了吗？"奶奶问。

突然，一阵微小的声音传来，泉眼里喷出了一点点泉水。旁边的男人说："哦，就这样了吗？"接着又传来一阵嘈杂的声音，这一次声音响了一些，就像脚踩在碎石上发出的咔嚓咔嚓声，接着泉眼里喷出了两小股水。"哦！"那个男人又发出了一声。

接着，就像暖气管里的水开锅了，或者茶壶里的水烧开了，泉眼咝咝作响，不断冒出水蒸气。突然，一股泉水喷涌而出，足足有三英尺那么高。

"哦！"那个男人又继续发出一声，"就这样了吗？"

随着咝咝的声音，更多的水蒸气和滚开的热水喷涌而出，一股水柱向上升起，越升越高，水柱越来越粗，直到形成整条水流，这水流好像是汇集了整条河流的水，直直地喷到了半空。"看起来就像一条倒流的瀑布！"奶奶说。就在这时，一阵猛烈的呼呼声响起，我敢发誓，我们脚下的地面肯定在轰隆隆地晃动着。一片热气腾腾的水雾喷了过来，人们开始后退。

所有人都在后退，除了奶奶。她站在那儿一动不动，咧开嘴笑着，抬起脸迎向水雾，她的眼睛紧盯着泉水。"噢，"她说，"噢，万岁，万岁！"在嘈杂声中，她对着天空大喊。

爷爷没有看老忠实喷泉，他正在看着奶奶。他把手臂绕在她肩上，抱住她。"你喜欢这个老喷泉，是吧？"他说。

"噢！"奶奶说，"噢，是的，没错。"

站在我旁边的那个男人张着大嘴看着老忠实喷

泉。"天啊,"他说,"我的天啊,太奇妙了。"

渐渐地,老忠实喷泉的水变小了。我们看着它自己慢慢停了下来,泉水又缩回泉眼。其他人都离开了,我们仍然在那儿站着。最后,奶奶叹了口气,说:"好了,我们走吧。"

我们坐上车准备出发,奶奶开始哭了起来。"见鬼,"爷爷说,"怎么了?"

奶奶抽着鼻子。"噢,没事。我只是看到老忠实喷泉太开心。"

"你这个傻老太婆。"爷爷说道。然后我们继续赶路了。"我们将会开过蒙大拿州,"爷爷说,"我们将会在今天晚上到达爱迪荷州。看着吧,我将全速前进!"他一脚油门踩下去,车子飞速开出了停车场。"爱迪荷州,我们来啦。"

第三十五章
计划

接下来的整整一天，我们都在蒙大拿州穿行。这段距离在地图上看起来并不太远，但是都是山路。离开黄石公园以后，从落基山山麓开始，一整天我们都在山路上爬上爬下。有时候，道路弯弯曲曲地沿着悬崖边延伸开来，我们和悬崖峭壁之间只有一条细细的栏杆。而且我们转过一个大弯的时候，经常会迎面碰到一辆露营拖车，左右摇晃着甩着庞大的车身转过弯道。

"这些道路实在太危险了。"爷爷说。但是他就像一个沉迷于骑马的孩子。"驾，朝前冲啊。"他边说，边鼓着劲把汽车开上山。当我们从山顶冲下另一边山坡时，他会叫道："吁——"

我感觉自己快要被撕成两半了。一半的我迷上了沿途的美景，我不得不承认这里风景优美，也许比拜班克斯的风景更美。

这里的树、岩石和山，还有河流和鲜花，还有驯鹿、驼鹿、兔子，这真是一个令人惊叹的小城，一个辽阔的地方。

但是另一半的我就像担惊受怕、不断抖动的果冻一样。我似乎看到我们的车撞破栏杆，一头扎下了悬崖。每接近一个转弯处，我就似乎看见我们迎头撞上卡车或者露营车；每看见一辆公共汽车，我就似乎看见它在摇晃着的轮胎的支撑下非常危险地轧到了悬崖边的碎石，我似乎看见公共汽车在路的尽头跌下悬崖，画出了一道弯弯的轨迹。

奶奶静静地坐着，双手叠放在大腿上。我想她可能是睡着了，因为她整晚都没睡。但事实上，她没睡着，她想继续听佩比的故事。所以，一整天，我一边欣赏着风景，一边想象着可能发生的上千起交通意外，一边在心底默默地向嗖嗖而过的树祈祷，一边继续说佩比的故事。我希望今天能说完这个故事。我希望这个故事就此完结。

伯克威老师出现在菲比家，告诉我们卡达瓦先生的事情后的第二天，菲比和我开始执行我们的计划。我们打算跟踪比克尔中士的儿子，并且按照菲比的计划找到她妈妈的行踪。我不相信比克尔中士的儿子是一个疯子，但我也不相信通过他我们能找到菲比的妈妈。但是菲比的说法已经深入我的大脑，我已经被这个计划套住了。像菲比一样，我也做好了采取行动的准备。

那天，我们在学校坐立难安，尤其是菲比，她已经火力全开了。但她同时又很担心，担心我们找到她的妈妈时，她已经被杀害了。我也开始为这件事担心。

学校的每个人都在叽叽喳喳地讨论着日记这件事，每个人都希望找出是谁写了谋杀的事情。亚利克斯躲着玛丽·卢，因为她说他是个粉色的笨蛋。玛丽·卢躲着贝丝·安，因为贝丝·安写了鸡肉味的吻。梅甘和克里斯蒂则在嘲笑贝丝·安："你真的告诉玛丽·卢亲吻的味道像吃鸡肉一样？她真的相信你吗？"她们还跑来嘲笑我，说："你真的亲吻了树吗？"

英语课上，所有人都央求伯克威老师继续读他昨天读了一点的那篇关于尸体夫人的日记，但是伯克威老师不再读日记了，而是向大家表达了歉意，因为他当面读出了那些私密的想法而让大家伤心了。他让我们到图书馆去。

在图书馆，本老跟着我。我在小说区，他正好就在我的身边。我转移到杂志区那边想看看有什么杂志时，他也在那里翻看杂志。有次，他的脸碰到了我的肩膀，他绝对是想靠近我，但我对此无计可施，因为每次他靠近我的时候，我的身体都不由自主地躲开了。我需要他提前给我一些提示。

我已经想方设法地控制住自己——连续坚持几分钟不再移动。但在那几分钟内，我发现本有几次把身体悄悄地向我倾斜过来，但是每次的最后他又都退了回去，就好像有人通过一根隐形的线控制着他。

图书馆的另一头，贝丝·安叫道："萨拉，有一只蜘蛛——噢，萨拉，快来赶走它。"

放学铃声响起，菲比和我像子弹一样冲出了学校。在菲比家，我们仔细搜索着电话通讯录。"我们速度要快，"菲比说，"我们得在普鲁登丝和我爸爸回来之前搞定。"这个地区的电话通讯录上总共有六个人姓比克尔，我们决定打给每一个比克尔，看看哪一个是比克尔中士。前两位告诉我们打错了，第三位占线，第四位没有接电话，第五个接电话的是个怒气冲冲的女人，她说："我不认识什么中士！"

第六位是个老先生，他一定特别孤独，因为他一直对着我们说个不停，讲到他在战争时认识的一个叫弗里曼中士的，但是那是一九四四年的事情了，他还认识一个博内斯中士和一个道迪中士，就是不认识比克尔中士。

"接下来怎么办？"菲比伤心地哭了起来，"普鲁登丝随时会回到家，然而我们还不知道哪一个是比克尔中士。"

占线的电话仍然在占线中。之前没有人接的电话也打了好久还是没人接，正当菲比要挂掉电话的时候，她听到有人接了电话。

"你好，"菲比说道，"能叫比克尔中士接电话吗？"然后是停顿，菲比在听对方说着什么。"他还在工作啊？"菲比简直高兴得要跳起来了。"谢谢，"她尽可能地用严肃的声音说，"我晚点再打来。不，不需要留言。谢谢。"

"太好了！"她在挂上电话的那一刻说道，"搞定了！搞定了！"她紧紧地抱着我，我差点都喘不上气了。"今晚，你可以开始第二阶段的行动了！"菲比说。

那天晚上，爸爸在玛格丽特家里，我打了个电话给比克尔家。我祈祷着接电话的不是比克尔中士本人，但我还是准备了一下，掩盖了我的原声，以防他在接电话的时候发现是我。电话铃响了又响。我把电话挂了，练习了一下我的假声以及要说的内容。我又接着打电话，打到第七声铃响时，终于有人接电话了，正是比克尔中士本人。

"我叫苏珊·朗费罗，"我说，"是你儿子的朋友。请问能请他接电话吗？"我一遍又一遍地祈祷他只有一个儿子。

"他不在家，"比克尔中士说，"你想给他留言吗？"

"你知道他什么时候回来吗？"

对方短暂停顿了一下，说："你说你认识我儿子，你怎么认识他的？"

我突然紧张了起来。"我怎么认识你儿子的？啊，这个说来话长……我……简单来说，我认识他的方式……事实上，这是一件怪尴尬的事情。"我的手心在出汗，手汗多到我差点握不住听筒。"图书馆，对的，我在图书馆认识了他，他借给我一本书，但是我把书弄丢了。"

"也许你可以自己向他解释这件事。"比克尔中士说。

"是的，我可以向他解释。"

"我很好奇他为什么给你留了这个电话号码，"比克尔中士说，"他为什么没有把他在学校的电话告诉你？"

"学校？事实上，事情是这样的，我想他也把那个号码给了我，但是我弄丢了。"

"你真是丢三落四，"他说，"你想要他学校的电话吗？"

"是的，"我说，"或者更方便的话，你把他的地址给我，这样我可以把书寄给他。"

"你刚刚说你把书丢了。"

"对的，没错，但是我希望能够找到它。"我说。

"我明白了，"他说，"请稍等。"接着对方那边安静了下来，他应该是用手捂住了话筒，但依然可以模糊地听到他在喊："亲爱的，迈克的地址写在哪里了？"

迈克！棒极了！他儿子的名字！我简直就是一个神探！我感觉我刚刚找到的是二十世纪最重要的一条犯罪线索。而且最重要的是，比克尔中士还把迈克的地址告诉了我！在通话的末尾，我心痒痒得想把他儿子可能是个疯子的事情告诉他，但是我忍住了。我对他表示感谢并立刻给菲比打了电话。

"你太棒了！"她说，"明天我们就能搞定这个疯迈克了。"

第三十六章

到访

第二天是周六，当我和菲比到达公共汽车站的时候，本也在那里站着等车。"噢，可恶，"菲比嘟嘟囔囔地说，"你在这里等公共汽车吗？你要去音乐喷泉镇？"

"是的。"他回答说。

"去那所大学吗？"

"不是。"本用手拨开挡住眼睛的头发，说道，"那里有一个医院，我要去看望一个人。"

"你要搭这趟车？"菲比说。

"是的，飞蜜，我要搭这趟车。你介意吗？"

我们三个坐在公共汽车最后一排的长椅上。我坐在菲比和本之间，本的手臂紧贴着我。菲比告诉本我们去那所大学见一位老朋友。车每次经过一个弯道，本整个身体就斜靠在我身上，或者我整个身体斜靠到他身上。"不好意思。"他说。"不好意思。"我也说。

到了音乐喷泉镇，我们下车来到街道上，车呼啸着离开了。"大学就在那边。"本指着路的尽头。"一会儿见。"说着他走向了另外一个方向。

"噢，天哪，"菲比说，"为什么本会和我们坐同一辆公共汽车？搞得我好紧张。"

我也非常紧张，但却是不同的原因。现在每次见到本，我的皮肤都像被人挠痒痒一样，大脑会嗡嗡作响，血液在身体里四处奔腾，就好像要冲出来一样。

迈克·比克尔的地址是大一新生的宿舍。宿舍是一座三层的砖砌楼房，有着成百上千的密密麻麻的窗户。"噢，不，"菲比差点哭了起来，"我以为是一栋小屋什么的。"那座大楼有进进出出的学生，他们穿过草坪，有些坐在草地上或者长椅上学习。宿舍大厅里有一个接待处，一个长得很帅的年轻小伙子站在桌子后面。"你去，"菲比说，"我做不到。"

我们站在那里显得格格不入，他们都是成年的大学生，而我们两个还是瘦瘦小小的十三岁少女。菲比说："真希望我没有穿这件衣服。"她忙着拿掉毛衣上的毛球。

我跟接待处的小伙子解释我是来找我的表兄的，他的名字叫迈克·比克尔。小伙子给了我一个大大的笑容，露出白白的牙齿。他查了一下名册，说："你找对地方了。他住在 209 号房间。你可以上楼去找他。"

菲比差点呛到。"你的意思是我们可以直接去他的房间？"

"当然，"那个小伙子说，"从这里上去。"他用手指了指。

我们穿过了旋转门。菲比说："我真的要犯心脏病了，我知道。我做不到。我们快点离开这里。"在大厅的尽头，我们从出口那里溜了出去。"万一他打开门把我们拖进去杀害了，那该怎么办？"

宿舍楼外面的草地上有不少学生，我本想找一条
空长椅，我们可以先坐在那里休息一下。突然，在草
地另一端的长椅上，我看到两个人的背影，一位年轻
的男士和一位年纪较大的女士。他们手牵着手，那位
女士把脸转向了那位男士，亲吻了他的脸颊。

"菲比……"坐在长椅上的女士正是菲比的妈妈，
而被她亲吻的就是那个疯子。

第三十七章
一个吻

　　菲比简直又惊讶又愤怒，但是她比我勇敢。她敢直视这个场面，而我不敢。我转头就逃走了，我本以为菲比会跟着我，所以我没有回头看。我沿着街道飞快向前跑着，尝试着回忆公共汽车站的位置，直到我看见医院，我才发觉自己已经跑过了公共汽车站。我躲到一边回头一看，惊讶地发现菲比竟然没有跟着我。

　　我也不知道哪里来的突发奇想，一时兴起。我跑到医院接待处，问接待人员我能不能见见芬尼夫人。她翻了翻名单。"你是她家人吗?"她问。

　　"不是。"

"那我很抱歉，你不能上去，"她说，"芬尼夫人在精神科病房里。只有家人可以进去。"

"我在找她的儿子。他来医院看望她。"

"也许他们都出去了，你可以去医院后院瞧瞧。"

医院后院是一片宽阔的斜坡草坪，周边是几个小花园。草坪上分散着很多长凳和椅子，大多数的椅子上都坐着病人和他们的访客。这个场景与我离开那所大学时见到的场景非常相似，只不过没有人在学习，有些人穿着长袍睡衣。

本盘腿坐在草地上，他的对面是一个穿着粉色长袍的女人。她的手不停地玩着衣服上的饰带。当我穿过草坪的时候，本看见了我，站了起来。"这是我妈妈。"本说。我打了个招呼，但是他妈妈都没有看我，而是起身自顾自离开了草坪，就好像我们并不存在一样。本和我跟在她后面。

这让我想起了妈妈出院回家后的许多事情。妈妈在家里做事时会突然停下来，走出门去。她爬山爬到一半，会坐下来喘两口气。她会拔一把草，然后站起身来，又继续往前走一点。有时候，妈妈会走进谷仓，在桶里装一些鸡食，但是还没走到鸡笼，她会把桶放下来，然后又跑到别的地方去了。她会继续往前走，会在田野上和草地上漫无目的地走，绕来绕去，兜来兜去，就好像她没有想好要往哪边走一样。

我们跟着本的妈妈在草地里来来回回、毫无目的地走着，但她似乎丝毫没有意识到我们的存在。最后，我说我得回去了，接着就发生了一件事情。

就在那个瞬间，我和本之间突然都有了同样的"议事日程"。我看着本，本望着我。我们两个的头都在向前移动。我应该是慢速移动，因为有一秒的时间我分神了，我想起了伯克威老师展示的那幅两个人面对面的画，中间是一个花瓶。就在那一瞬间，我在想，是不是我们之间也可以安放一个花瓶。

如果真的有一个花瓶，我们两个也一定会把它挤碎，因为我们的头完全贴到了一起，我们的嘴唇落到了正确的地方，而且那个感觉不像是吃鸡肉。

然后，我们的头缓缓后移，两个人一起看向草地的另一边，我感觉自己像一匹"亲斤"出生的马，好像什么都不知道，又好像什么都感受到了。

　　本摸了摸自己的嘴唇。"你感觉像黑莓之吻吗?"他问。

第三十八章

吐口水

　　故事正说到这里，奶奶打断了我。"哦，太好了，太好了，太好了！"她说，"我已经等这个吻等了几天了。我就喜欢这样的故事，有甜蜜情景的故事。"

　　"真是个傻老太婆。"爷爷说。

　　我们在蒙大拿州绕来绕去，我不敢在地图上确认我们的位置。我不想发现我们没法按时到达目的地。我想，只要我一直不停地说，一边在心底祈祷，我们一边沿着山路往前开，就有机会按时到达。

　　奶奶问："佩比怎么样了？她妈妈亲了那个疯子之后发生了什么？我倒是不太喜欢这个吻。我喜欢的是另外一个——你和本的那个吻。"

回到公共汽车站，我发现菲比正坐在长凳上。"你去哪儿啦？"菲比问道。

我没有告诉她我去见了本和他妈妈。

我想要告诉她，但是我没有。"菲比，我害怕，我不敢待在那里。"

"我还以为你很勇敢，"她说，"噢，没关系。没有什么大问题。我真是受不了。"

"发生什么事情了？"

"没什么事。他们坐在长椅上享受着快乐的旧时光。我想，如果我能像你一样扔石头扔得那么准的话，我会朝他们扔石头的。我会把石头扔到他们的后脑勺上，把他们都击倒。你注意到她的头发了吗？她把头发剪短了，现在是短发。你知道她还做了什么事情吗？他们聊天的时候，她还弯腰往草地上吐了一口口水。吐口水！太讨厌了。还有那个疯子，你知道她在吐口水时，那个疯子在做什么吗？他笑了。然后他竟然也弯腰往草地上吐了一口口水。"

"他们为什么要这么做？"

"谁知道呢？我真是受不了。我妈妈居然一直待在那里不回家，亏得我那么担心她。她不需要我。她不再需要我们任何一个人。"

我们坐公共汽车回来的路上，菲比一直是那个样子，她完完全全陷入了糟糕的心绪当中。我和菲比到达她家的时候，她爸爸的车刚好停到门前马路上。普鲁登丝冲出大门，说："她打电话来了，她打电话来了，她打电话来了！妈妈打电话来了！她要回家了。"

"好极了。"菲比嘟囔了一句。

"菲比，你说什么？"她爸爸问道。

"没说什么。"

"她明天回来，"普鲁登丝说，"但是……"

"怎么了？"她爸爸问，"她还说了什么？"

"她听起来很紧张。她想和你谈谈。"

"她有没有留下电话号码？我给她打电话。"

"不，她没有留任何电话号码。她让我告诉你对此不要做任何事先的评价。"

"这是什么意思？"她爸爸问，"不要对什么事做事先的评价？"

"我不知道，"普鲁登丝说，"还有，噢！最最重要的是，她说她要带一个人回家。"

"这是个大事，"菲比说，"确实是个大事。"

"菲比？"他爸爸说，"普鲁登丝，她说了要带谁回家吗？"

"我真的不能说。"

"她提到了这个人吗？她提到过任何名字吗？"他开始变得异常激动。

"怎么啦？她没提到，"普鲁登丝说，"她没有提到任何名字。她只是说她要带一个男的回来。"

"男的？"

菲比看着我。"天啊。"她说完就走进屋子，把身后的门重重地摔上了。

我不敢相信。难道她不打算告诉她爸爸她看见了什么吗？我都差点忍不住要告诉我爸爸这些事情，但是当我回到家时，我看到他和玛格丽特坐在门廊前。

玛格丽特说："我弟弟说他在给你们班上英语课？

太让人惊讶了。"她肯定把这件事告诉爸爸了，因为
他看起来并不太惊讶。"他是位很棒的老师。你喜欢
他吗？"

"我猜是的。"我不想聊这件事。我希望玛格丽特
消失。

我只好等她离开后才告诉爸爸关于菲比妈妈的事
情，然而他只是说："所以温特博特姆夫人要回家了。
这是件好事情。"然后他就朝窗户走去，一直盯着窗
外，很久很久，我知道他是在想妈妈。

整个晚上我都在想菲比、普鲁登丝和温特博特姆
先生。如果明天温特博特姆夫人真的把那个疯子带回
家里，我想他们的整个世界肯定要崩塌了。

第三十九章
回家

第二天早上，菲比打电话过来，央求我去她家。
"我实在是无法忍受，"她说，"我想有个见证人。"

"见证什么？"

"我只想要个见证人。"

"你告诉你爸爸了吗？关于你妈妈和……"

"你在开玩笑吗？"菲比说，"你应该来看看我爸爸都在干什么。他和普鲁登丝昨天一整晚，甚至今天整个上午都在打扫房间。他们把地板和浴室刷了一遍，他们像上了瘾一样地打扫卫生，用吸尘器清理屋子，还把衣服洗好并熨好，接着他们还满意地四处看了看。但我爸爸说：'也许看起来太好了，你妈妈会认为我们没有她也能做到这些。'所以他们又把屋子弄乱了。他还很生气，说我没有帮他。"

我压根儿不想做什么见证人，但是我对那天丢下菲比提前逃走的事情感到有些愧疚，所以我还是同意当见证人了。我到达菲比家的时候，她和她爸爸还有姐姐早就已经整整齐齐坐在沙发上了，大家互相看着对方。

"她说过什么时候回家吗？"温特博特姆先生问。

普鲁登丝说："没有，她没有说。我希望你不要表现得好像她没有说什么时候回家是我的错一样。"

温特博特姆先生无精打采的。他跳起来整理了一下靠枕，然后再坐了下来，不久后他又跳起来把靠枕搞乱了。他走出房门到院子里一圈一圈地走着。中间他还换了两次衬衫。

"我希望您不介意我在这里。"我说。

"我怎么会介意呢？"温特博特姆先生说。

正当我以为他们马上要崩溃发狂的时候，一辆出租车停在了外面。

"我不敢看。"温特博特姆先生说，躲进了厨房里。

"我也不敢看。"菲比边说着边跟着她爸爸走进了厨房，我跟在菲比后面。

"好吧，天哪，"普鲁登丝说，"我不知道你们都怎么了。难道你们不想见到她吗？"

我们在厨房里听到普鲁登丝打开了前门，听到温特博特姆夫人说："噢，亲爱的！"

温特博特姆先生假装在擦厨房的柜台。接着，我们听见普鲁登丝发出惊讶的声音，听见她妈妈说："我想介绍你认识迈克。"

"迈克？"温特博特姆先生发出疑问，他的脸憋得通红。我很庆幸厨房没有斧头，否则我真怕他会抓起斧头直接冲向迈克。

菲比说："爸爸，不要冲动。"

"迈克？"他重复了一次。

温特博特姆夫人喊起来："乔治？菲比？"接着，我们听到她问普鲁登丝："他们去哪里了？你有没有告诉他们我要回来?"

温特博特姆先生深吸了一口气。"菲比,你和萨拉是不是应该回避一下?"

"你在开玩笑吗?"菲比说道。

温特博特姆先生又深深吸了一口气。"好的,"他说,"好的。我们来了。"他站得又高又直,昂首阔步走出厨房进入客厅。菲比和我紧随其后。

实话实说,我猜菲比差点要晕倒在地毯上了。原因有两个。首先,温特博特姆夫人完全变了一个样子。她不仅剪短了头发,而且发型很时髦。她涂了口红、睫毛膏,脸颊上还涂上了腮红。她的穿衣风格也和我以前所见到的完完全全不一样了:她穿了白色的T恤衫、蓝色牛仔裤和黑色平底鞋。她耳朵上戴着银圈耳环。她看起来美极了,但就是看起来不像菲比的妈妈。

让菲比差点晕倒的第二个原因是迈克·比克尔,这个疯子居然出现在了她家的客厅里。光是想到他要来就很吓人,现在真的看见他站在自己家,菲比不被吓晕才怪。

　　我的脑袋都不知道想了些什么。有那么一会儿，我真的觉得是迈克绑架了温特博特姆夫人，并且带着她回来要赎金，或者他现在打算把我们都除掉，但是我不停地回想起前一天见到他们在一起的样子。而且，温特博特姆夫人看起来太好看了，不可能是被绑架了。她看起来是很恐惧，但显然不是害怕迈克，而是害怕她的丈夫。

　　"爸爸，"菲比悄悄地说，"这就是那个疯子。"

　　"噢，菲比，"温特博特姆夫人伸手抚摩着菲比的脸。同样的手势她做过很多次，但这一次，菲比的心似乎都要碎成千百块碎片了。然后，温特博特姆夫人抱了抱菲比，但是菲比一动不动，没有回应。

　　温特博特姆先生说："诺尔玛，我希望你解释一下究竟发生了什么事情。"他尽可能地保持镇定的声音，但可以听得出他的声音在发抖。普鲁登丝盯着迈克。她似乎发现他长得很英俊，所以不由自主地，像所有看到英俊男性的姑娘一样，她也伸手撩了一下自己的头发。

温特博特姆夫人想要伸手去拥抱温特博特姆先生，但是他躲开了。"我想我们应该得到一个解释。"他说道，眼睛却盯着迈克。

她是爱上了迈克吗？但他看起来实在太……太年轻了，比普鲁登丝大不了多少。

温特博特姆夫人在沙发上坐下来开始哭泣。这真是个极其糟糕的问题。一开始，我们完全不知道她在说什么。她一直在谈受人尊敬的问题，还说到温特博特姆先生也许再也不会原谅她，但是她已经厌倦让自己摆出一副受人尊敬的样子。这些年来，她非常努力地想变成一个完美的人，但她必须得承认她并不完美。她向她的丈夫隐瞒了一些事情，她害怕他永远不会原谅她。

温特博特姆先生的手在颤抖着，她一言不发。直到温特博特姆夫人向迈克走去并拉着他一起坐到沙发上，温特博特姆先生努力清了几次嗓子，但是他还是什么也没说。

温特博特姆夫人说道："迈克是我儿子。"

温特博特姆先生、普鲁登丝、菲比和我异口同声地说道："你儿子？"

温特博特姆夫人盯着她的丈夫。"乔治，我知道你会认为我不值得——或者说我以前也不值得——被别人尊重，但是这是在遇到你之前的事情，当时我不得不放弃他，让别人领养，我几乎不忍心想到这件事情。"

温特博特姆先生说："受人尊敬？受人尊敬？让受人尊敬见鬼去吧！"温特博特姆先生平时一般不会骂人。

温特博特姆夫人站了起来。"迈克找到了我，一开始我很害怕，我怕这会对我的生活造成影响。我生活得如此卑微。"

菲比牵着她爸爸的手。

"我必须离开家，去解决这件事情。我还没有见过迈克的养父母，但是迈克和我聊了很久，我想……"

迈克低下头看着他的脚。

"所以你打算离开吗?"温特博特姆先生问。

温特博特姆夫人突然僵住了,就好像被温特博特姆先生重重扇了一巴掌。"离开?"

"再说一次,我的意思是……"温特博特姆先生说。

"如果你希望我离开,"她说,"如果你觉得不能跟我这样一个不受人尊敬的人一起生活……"

"我说了让受人尊敬见鬼去吧!"温特博特姆先生说,"这跟受人尊敬有什么关系?我不在意你受不受人尊敬这件事,我在意的是你没有——或者不想——告诉我这些事情。"

迈克站了起来。"我知道这是行不通的。"他说。

温特博特姆先生说:"迈克,我不是针对你,我只是不了解你。"他看了看自己的妻子,说:"我也觉得我不了解你。"

此刻,我真希望自己是一个隐形人。屋外,树叶落到地面上,我很悲伤,那种悲伤一直侵入我的骨子里。我为菲比和她的父母以及普鲁登丝还有迈克感到悲伤，我也为树叶的凋零感到悲伤，我也为自己所失去的感到悲伤。

透过窗户，我看到了帕特里奇夫人，她正站在菲比家门前的人行道上。

温特博特姆先生说："我想我们需要坐下来好好谈谈。也许我们能够把这些事情都解决好。"接着，我认为他做了一件非常得体的事情。他走向迈克，握了握他的手，说："我真的认为，我们家多一个儿子就真是锦上添花了。"

温特博特姆夫人看起来松了一口气。普鲁登丝对着迈克微笑。菲比则站在一边一动不动，隔得很远。

"我得走了。"我说。

所有人转头看向我，好像我是突然从天而降一样。温特博特姆先生说："萨拉，不好意思，真的不好意思。"然后他对迈克说："萨拉就像我们的家人，是我们中的一员。"

温特博特姆夫人说："菲比，你在生我的气，是不是？"

　　"是的，"菲比说，"我当然生气。"菲比扯着我的袖子，拉着我走出了家门。"你们决定好了这个家里究竟需要多少个成员再告诉我。"

　　我们走到门廊上，正好看到帕特里奇夫人在台阶上放下了一封信。

第四十章

礼物

　　菲比的故事刚讲到这里，爷爷大叫了一声："爱——迪——荷州！"我们的车还行驶在高山上，刚好越过蒙大拿州的边界，进入了爱达荷州。第一次，我真正相信我们能够在第二天，也就是八月二十日，妈妈生日那天，到达刘易斯顿。

　　爷爷建议我们继续朝着科达伦湖开，大约需要一小时，这样我们晚上就可以住在那里。从科达伦湖往南到刘易斯顿大约有一百英里的距离，我们第二天上午就可以到达。"傻老太婆，这个安排听起来怎么样？"奶奶坐着一动不动，她的头紧靠在座椅靠背上，双手叠放在大腿上。"傻老太婆？"

奶奶张口回话的时候，你可以听到从她的胸口传出了呼噜噜的响声。

"噢，好的。"她说。

"傻老太婆，你还好吗？"

"我感觉有点疲惫。"她说。

"马上就有床可以让你躺一躺了。"爷爷回头看看我，神色不安。

"奶奶，如果您想现在就停下，也是没问题的。"我说。

"噢，不，"她说，"我想今晚在科达伦湖入睡。你妈妈曾经在科达伦湖给我们寄过明信片，明信片上有一片壮观的蓝色湖泊。"她爆发出一长串的咳嗽，发出轰隆隆的声音。

爷爷说："那好吧。壮观的蓝色湖泊，我们来啦。"

奶奶说："佩比的妈妈回到家里了，真让人感到开心。我希望你妈妈也可以回家。"

在接下来差不多五分钟的时间里，爷爷一直在点头。接着，他递给我一张纸巾，说："说说帕特里奇夫人的事情。她在佩比家外面留下那些奇怪的信是要干什么?"

这也是菲比和我想知道的。

"帕特里奇夫人,您需要什么吗?"我问。

她把手放到自己的嘴唇上,说:"嘘。"

菲比一把抓过信封,把它撕开了。她大声读着信上的内容:

"不要随意评价别人,除非你穿上他的
麂皮靴走过两个月亮。"

帕特里奇夫人转身要离开。"拜拜。"她说。

"帕特里奇夫人,"菲比叫道,"我们已经收到过这样内容的信了。"

"你说什么?"帕特里奇夫人说。

"那个人是你,对吗?"菲比问道,"是你在附近出没,悄悄留下这些信的,对吗?"

"你喜欢这些信吗?"帕特里奇夫人问道,她站在人行道的中间，头歪向我们，脸上充满了好奇的表情，像一个淘气的孩子。"玛格丽特每天都会读报纸上的文章给我听，如果遇到了不错的语句，我会让她摘抄下来。很抱歉我已经给你们送过关于麂皮靴这句话的信。我这爱忘事的脑子。"

"但是为什么把它们放到这里来呢？"菲比问。

"我想这些信会给你带来一种奇妙的感觉——就像幸运饼干，但是我没有饼干。不管怎样，你喜欢这些信吗？"

菲比盯着我看了很久。接着，她走下台阶，问："帕特里奇夫人，你是什么时候遇到我的哥哥的？"

"你说你没有哥哥。"帕特里奇夫人说。

"我知道，但是你说你见过他，那是什么时候？"

她敲敲自己的脑袋："忘记了，我想想。我回忆一下。有一段时间了。一周？两周？他走错屋子了，来到了我的家里。我的眼睛看不见，他就让我抚摩他的脸来认识他。我想，这就是你哥哥，因为他的脸跟你的很像。是不是很奇异？"

菲比说："最近奇异的事情太多了。"帕特里奇夫人步履蹒跚地往自己家里走，菲比说："萨拉，这真是一个奇异的世界。"她走过草坪，朝街道吐了一口口水。她说："来吧，试一下。"我也朝街道吐了一口口水。"你感觉如何？"菲比问我。我们又朝街道吐了口水。

这听起来可能很恶心，但是说实话，我们吐口水吐得很开心。我知道我不能解释这个现象，但出于某种原因，吐口水在当时简直是最正确的事情。菲比转身回到屋里，我知道她也有正确的事情要做。

带着吐口水时的勇气，我去见了玛格丽特·卡达瓦。我们聊了许久，这时候我才知道她什么时候认识了爸爸。和她聊天是痛苦的事情，我几乎要在她的面前哭起来，但后来我终于理解了为什么爸爸喜欢和她待在一起。

我回到家时看到本坐在我家门前的台阶上。他说："我给你带来了一样东西。就在后面。"他带着我绕过屋子的侧面，在一块小小的草地上，一只鸡昂首阔步地走着。看到这只鸡，应该是我人生道路中最开心的事情了吧。

本说："我给它起了一个名字。当然，如果你不喜欢，你也可以换名字。"

我问他那只鸡叫什么名字，他向我凑了过来，我也向他凑了过去，本告诉我："它叫黑莓。"

"噢，"奶奶问，"佩比的故事也结束了吗？"

"是的。"我说。但这也不完全正确，我想，我还可以讲更多事情。我可以说菲比渐渐习惯有一个哥哥，渐渐习惯有她的"新"妈妈，等等，但这部分正在进行着，甚至在我们翻山越岭的此时此刻，它还在继续。这是一个完完全全不同的故事。

"我喜欢关于佩比的这个故事，我很开心，故事结尾不是那么糟糕。"

爷爷开着车朝科达伦湖继续前进，奶奶闭上了眼睛休息，接下来的一个多小时里，我们都听到她粗重的轰隆隆的呼吸声。我看着她躺在座位上一动不动，非常平静。"爷爷，"我小声说，"奶奶的面色有些苍白，是不是？"

　　"是的，乖宝，是的，她的面色是有些苍白。"他踩下油门，我们朝科达伦湖全速前进。

第四十一章
观景台

抵达科达伦湖后我们直接去了医院。能看到科达伦湖的时候，爷爷试着叫醒奶奶。"傻老太婆?"爷爷喊道。奶奶沉沉地靠在座位上，人歪向了一边。"傻老太婆?"

医生说奶奶中风了。当奶奶在做检查的时候，爷爷坚持要陪着他，尽管有个实习医生一直在劝阻他。"她已经昏迷了，"实习医生说，"你在不在她身边，她都不会知道。"

"不好意思，我已经陪在她身边五十一年了，其中只有一回她因为一个买鸡蛋的男人离开过我三天。我要一直握着她的手，你懂吗? 如果你想让我走，你得把我的手砍下来。"

他们同意让爷爷陪着奶奶了。我在大厅里等待的时候，看到一位男士带着一只老比格犬走了进来。医院前台告诉他，他得把狗留在医院外面。

"让它单独在外面？"那位男士问。

我赶忙说："我帮您看着它。我曾经有一只跟它差不多的狗。"我把那只老比格犬带到医院外面，坐到草地上，比格犬把头埋在我的大腿上，发出狗常常发出的一种咕噜噜的声音。爷爷把这种声音称作"狗咕咕"。

不知道奶奶中风是不是因为被蛇咬了，不知道爷爷会不会因为他把车开下高速公路停在河边而感到内疚。如果没有去那条河，奶奶就不可能被蛇咬。接着，我想到那个死在妈妈肚子里的小宝宝。如果我当时没有爬上那棵树，如果妈妈没有背我，那个小宝宝应该还活着，妈妈永远不会离开，所有的事情将会一如往常。

但是，当我想到这些事情的时候，我突然意识到，一个人不可能像菲比和她妈妈一开始那样，永远把自己锁在房间里。人必须走出去，去做一些事情，看看周围的世界。这是第一次，我很想知道，是不是因为这个原因，爷爷奶奶才带我踏上这次旅途。

躺在我腿上的这只比格犬就像我们家的穆迪布卢。我一边摸着它的头，一边为奶奶祈祷。我想到穆迪布卢有一次生了一窝小狗。第一周的时候，穆迪布卢不让任何人接近它的小狗。它把小狗身上的毛舔得干干净净，并用鼻子轻轻地蹭着它们。小狗狗的眼睛虽然还未睁开，但是它们会发出尖叫声，用爪子摸索着寻找去妈妈那边的路。

渐渐地，穆迪布卢开始让我们碰它的小狗了，但是它一直用警觉的眼神看着我们，如果我们试图把任何一只小狗带出它的视线，它就会狂吠起来。几周以后，小狗们开始跌跌撞撞地走到离它较远的地方，穆迪布卢每天都要把它们赶回家。但等到它们长到六周大的时候，穆迪布卢就不再理睬它们了。它会追着它们咬，把它们赶跑。我告诉妈妈穆迪布卢变得很凶恶："它讨厌它的孩子们。"

"不要担心，"妈妈说，"这很正常。它是在给小狗们断奶。"

"它必须这么做吗？为什么小狗们不能和它待在一起？"

"一直待在一起对它对小狗们都不好。小狗们必须学会独立。如果穆迪布卢发生了什么事情，它们怎么办？离开了穆迪布卢，小狗们就会不知道应该如何生存。"

在医院外为奶奶祈祷的时候，我突然很想知道妈妈之所以要来爱达荷州，是不是也像穆迪布卢一样——一部分是为了她自己，一部分是为了我。

等比格犬的主人回来，我走回医院的候诊室。午夜过后，一位护士告诉我可以见奶奶了。

奶奶一动不动地躺在床上，脸色惨白，一边的嘴角流出一丝口水。爷爷俯身挨着她，对着她的耳朵轻声细语。护士说："我觉得她听不见你说话。"

"她当然能听见我说话，"爷爷说，"她永远都能听到我说话。"

奶奶双眼紧闭，胸口有很多条金属线连接着显示器，一根管子贴在她的手背上。我想要抓住她把她叫醒。爷爷说："乖宝，我和奶奶要在这里待上一阵子了。"他把手伸进口袋拿出车钥匙。"如果你需要到车里取什么东西，这是车钥匙。"他还给了我一沓皱巴巴的钞票。"万一你需要用钱。"

"我不想离开奶奶。"我说。

"见鬼，"他说，"她不希望你待在这家老医院里。如果你有什么话想对奶奶说，你就对着她的耳朵悄悄说，然后你就离开去做你需要做的事情。奶奶和我哪儿也去不了，我们得待在这里。"他向我眨了眨眼睛。"乖宝，你自己要小心，注意安全。"

我俯下身子，对着奶奶的耳朵悄悄说了些话，然后我就离开了。在车里，我研究了一下地图，向后靠在座椅上，闭上了眼睛。爷爷知道我想做什么。

我手中的钥匙冷冰冰的。我再次研究了一下地图，从科达伦湖有一条弯曲的路一直通向刘易斯顿。

我启动了车，把车倒了出去，绕着停车场开了一圈后，我把车停下来，熄了火。我数了数口袋里的钱，再次看了看那张地图。

在人生道路中，有些事情的确是很重要的。

开出停车场的时候，我很害怕，但是一上高速公路，我反倒感觉好多了。我开得很慢，我知道我要怎样做，我对着经过的每一棵树祈祷，路上的树真多，这让人有点惊讶。

这是一条既狭窄又弯曲的道路，路上几乎没有车辆行驶。从科达伦湖开到刘易斯顿山的山顶，这一百英里的路程耗费了四个小时。对我而言，刘易斯顿山更像一座山峰，而不是小山丘。我把车停在山顶观景台的停车点，向下望去，刘易斯顿就在山下的山谷里，斯内克河蜿蜒其中。在我和刘易斯顿之间还有一段崎岖的山路，之字形的急转弯一直弯弯曲曲延伸到山下。

我越过栏杆向下搜寻，想寻找那辆应该还在山坡下某处的公共汽车，我知道它还在那里，尽管我现在还没看到它。"我可以的,"我一遍又一遍地对自己说,"我可以的。"

我缓慢地把车倒回到公路上。在第一个弯道,我的心脏开始怦怦直跳,手心里不断出汗,方向盘上全是我的手汗。我的脚紧张地放在刹车踏板上,但是这条路转的弯实在是太大了,下行的道路又过于陡峭,所以即使我的脚踩在刹车踏板上,车辆向前奔跑的速度还是大大超过了我的预期。当我好不容易开过弯道时,接着就来到了紧靠悬崖的车道。这个紧靠悬崖的车道是个极陡的下坡,路边没有护栏,只立着几根临时性的柱子,柱子之间拉着一根细细的缆绳。

我一直绕着蜿蜒的山路来回穿梭。先是半英里比较安全的紧靠山体的内道,接着马上又驶入一个最可怕的弯道,然后接下来的半英里又转到了紧邻悬崖的外道,悬崖那一侧的黑色陡坡一直向下延伸、延伸、延伸,望不到头。我继续曲曲折折地开着:半英里安全的内道,然后弯道,然后半英里靠着悬崖的外道。

车开过一半路程时,另外一个观景台出现了,这个观景台实际上就是一条细细的与马路分开的小道。我想，这条小道与其说是让大家看风景，不如说是让司机能够有时间休息一会儿，让他们重振精神继续上路。我很好奇，有没有人会在这里放弃他们的车直接走路下山呢？当我站在那里往下看的时候，另外一辆车也停到了这个观景台。一位男士从车里走了出来，站在我旁边。"其他人在哪里？"他问。

"什么其他人？"

"你跟谁一起来的？谁开车？"

"噢，"我说，"在附近。"

"去上厕所了，是吗？"他问道。我想，他指的是我本应跟随的同伴。"晚上开车走了一段非常艰难的路，对不对？我每天晚上都是如此。我在普尔曼工作，住在那下面。"他指着刘易斯顿的灯火和黑色的河，问，"你以前去过那里吗？"

"没有。"

"看见那里没？"他指着山下的某个地方。

我仔细凝视着这片黑暗，接着，我看到一些被截断的树冠和一条从灌木丛中开出的崎岖小路，在小路的尽头，我看见一些闪亮的金属反射着月光。这是我一直在寻找的。

"一年多以前，一辆公共汽车从这儿冲出了马路，"他说，"车打滑了，从上一个转弯的地方一直滑到了这个观景台，然后冲破栏杆，不断翻滚而下，把那些树都压断了。太可怕了。那天晚上我回家时，救援人员还在灌木丛中开凿一条路。只有一个人活下来了，你知道吗？"

我当然知道。

第四十二章

公共汽车和柳树

那位男士开车离开后，我手脚并用地从栏杆下面钻了过去，朝着山坡下那辆公共汽车走去。东边的天空呈现出烟灰白，我很高兴黎明马上就要来临。小路被开凿出来的一年半以后，肆意疯长的灌木丛又开始朝路面蔓延，横七竖八的树枝带着露珠刮擦、拍打着我的腿，我看不到脚下坑坑洼洼的路面，我有好几次被绊倒了，一路跌跌撞撞、踉踉跄跄地滑了下去。

公共汽车像一匹病倒的老马侧躺在路边，两个破碎的大灯像两只哀伤的眼睛注视着周围的树丛。巨大的橡胶轮胎的很多地方都被刺破了，由于轮毂严重扭曲，橡胶轮胎变成了怪异狰狞的形状。我爬上公共汽车的一侧，希望能够找到一扇开着的车窗，从那里爬下去，但是这里被撕开了两个巨大的裂口，锯齿状的裂口就像被撕开的沙丁鱼罐头盖子一样倒向后方。在司机座位后面那里，我终于找到一扇玻璃已经破碎的窗户，从窗户那里看去，里面全是乱七八糟、歪歪扭扭的座位，还有一块块海绵，所有东西上面都长着一层毛茸茸的绿霉。

我本想着能够从窗户跳进车内，在车里的过道上走一走，但是我现在发现车里面根本没有任何可以活动的空间。我本想把公共汽车的每个角落都搜寻一遍，希望能找到一些——或者任何——可能熟悉的事物，但是现在……

这时候，远处的天空开始泛出浅浅的红色，回观景台的路也变得清晰多了，但下山容易上山难，这个坡实在是太陡了。当我好不容易爬到山顶的时候，我满身泥土，全身上下都有被树枝划破的痕迹。我正要从栏杆下面爬回观景台，发现爷爷的红色雪佛兰汽车后面停着一辆车。

车里是一位警长。他正对着对讲机说话，抬头正好看到我，他马上示意旁边的副警长下车。副警长对我说："我们正要下去找你。我们看见你站在公共汽车的顶上。你这孩子应该懂点事，大清早的，你在下面做什么？"

我还没来得及回答，那位警长也下了车，他把帽子戴在头上，理了理他的枪套。

"其他人在哪里？"他问。

"没有其他人。"我回答。

"谁带你来这儿的？"

"我自己来的。"

"这辆车是谁的？"

"我爷爷的。"

"他在哪儿？"警长左右瞧了一眼，好像觉得爷爷可能藏在灌木丛里。

"他在科达伦湖。"

警长说："什么？"

就这样，我把奶奶住院的事情告诉了他，并解释爷爷如何坚持要陪着奶奶，我又如何自己一个人从科达伦湖一路小心翼翼地开车来到这里。

"你看我说得对不对。"警长重复了一遍我所说的每件事，最后问道，"你说你是独自一人开车沿着山路从科达伦湖一路到这里的？"

"我非常小心，"我说，"是爷爷教会我开车的，他告诉我要非常小心。"

警长对副警长说："我想我们需要问问这位年轻的女士，她现在多大年纪。要不你来问吧？"

副警长问道："你几岁了？"我告诉了他们我的年龄。警长严肃地看着我，说："我相信你应该可以告诉我们，究竟是什么火烧眉毛的事情让你无法等到一位有合法驾驶证的司机开车送你来到这个美丽的刘易斯顿？"

因此，我把事情原原本本地告诉了他。等我说完这些，他返回警车里对着对讲机不知道说了些什么。接着，他让我上他们的警车，并吩咐副警长开着爷爷的车跟在后面。我想他很可能是要把我送进监狱吧。

事实上，我担心的并不是去监狱。最让我难过的是，我马上就能做到我一直想做的事情，但现在却完成不了，还有，我必须赶回去看望在医院的奶奶。

然而，他并没有把我送去监狱。我们跨过了一座桥，进入刘易斯顿，穿过城市来到了一个小山坡上。车来到了朗伍德墓园，停在了守墓人的房子前。紧随其后的是副警长，他开着爷爷的车。警长走进了守墓人的房子，守墓人走了出来，用手指了指右边。警长返回车里，带着我朝那个方向开去。

这是个风景宜人的地方。斯内克河在这里迂回成河湾，一望无际的草坪上到处都是高大茂盛的树木。警长把车停下来，领着我沿一条小路朝河边走过去。在那边，有一座小山丘，可以俯瞰整个河谷，那是妈妈的坟墓。

墓碑上刻着她的名字和生卒日期，下面还刻着一棵糖枫树。我看着墓碑上妈妈的名字——尚哈森·蜜糖·皮克福德·希德尔——还有底下刻着的那棵树，直到这个时候，我才彻彻底底地相信，她真的再也不会回来了。我问他们我能否在那里坐一会儿，我想记住那个地方，我想记住那里的草和树，那里的味道和声音。

静谧的早晨，只有汩汩的流水声。这时，我听到一只鸟在叫。不，它是在唱歌，那歌声如此真切，如此甜美。我环顾四周，看到一棵斜倚在河流旁的柳树，鸟儿的歌声正是从柳树的树冠上传来的。我不想靠得太近，不想打扰，我想让那棵树一直唱下去。

我亲吻了那棵柳树。"生日快乐。"我说。

在警长的车里，我说："她其实没有离开。她在树上歌唱。"

"萨拉曼卡·希德尔小姐，你可以这么说。"

"你现在可以送我去监狱了。"

第四十三章

我们的傻老太婆

　　警长没有把我送去监狱，而是把车开到了科达伦湖，副警长开着爷爷的车一直跟在我们后面。关于无证驾驶的问题，警长苦口婆心地给我上了严肃的一课，他让我保证，在我满十六岁之前，我不会再开车了。

　　"即使是在爷爷的农场上也不行吗？"我问。

　　他直直地看着路的前方。"我想，人们可以在他们的农场上做任何想做的事情，"他说，"只要农场有足够的空间，只要不危及其他人和动物的生命。当然，我不是说你应该在农场上开车，我不会批准或赞同你这么做。"

我请求他跟我说说那起交通事故，我问他是否当晚也在现场，他有没有看到任何人从车里被运走。他回答："你不会想知道所有这一切的。没有人该去想这些事情。"

"你见过我妈妈吗？"

"萨拉曼卡，我见到了很多人，也许我见到了你妈妈，也许没有。很抱歉地告诉你，即使我见到了她，我也不知道哪个是她。我记得你的爸爸去过警察局。我确实记得，但我没跟他在一起——那时候我不在警察局。"

"你看到过卡达瓦夫人吗？"我问。

"你怎么知道卡达瓦夫人？"他说，"我当然见过卡达瓦夫人。在场的每个人都见过卡达瓦夫人。那辆公共汽车滚下山的九小时之后，几乎所有的人都被担架抬上了山，每个人都没有了信心——突然，她的手伸出了窗户，所有人都喊了起来，因为那里有一只还能活动的手。"他看着我，说："我当然希望那是你妈妈的手。"

"卡达瓦夫人坐在我妈妈旁边。"我说。

"噢。"

"刚上那辆公共汽车的时候，她们还互不相识，但六天后，下车前，她们成了好朋友。妈妈告诉了卡达瓦夫人所有关于我、我爸爸还有我们在拜班克斯农场的事情。她对卡达瓦夫人讲了她经常闲逛的那片田野、黑莓、我们的穆迪布卢、鸡，还有'会唱歌的树'。我想既然她都告诉了卡达瓦夫人所有的这一切，说明我妈妈一定很想念我们，你说是不是?"

"肯定啊，"警长说，"不过你怎么知道这一切的?"

我向他解释，菲比妈妈回家的那天，卡达瓦夫人把这一切都告诉了我。卡达瓦夫人告诉我，爸爸安葬好妈妈以后去刘易斯顿的医院拜访了她。他去医院看望了车祸的唯一幸存者，他还得知卡达瓦夫人那时正好坐在妈妈的身边。他们开始聊妈妈的事情，一连聊了六个小时。

卡达瓦夫人对我讲了她自己的事情，也讲了她和爸爸互相通信的事情，她还说了爸爸需要离开拜班克斯一段时间。我问卡达瓦夫人为什么爸爸没有告诉过我他们是怎么认识的。她说，爸爸尝试过，但是我不想听。爸爸不想让我不开心，他以为我很可能会不喜欢玛格丽特，因为她活下来了，而我的妈妈没有。

"你爱他吗？"我问卡达瓦夫人，"你会和他结婚吗？"

"我的天！"她说，"现在还言之过早。他握着我的手是因为车祸时我和你的妈妈在一起，并且在最后的时刻我一直握着她的手。你爸爸现在还没有准备好去爱其他人。你妈妈是独一无二的。"

的确如此。她就是独一无二的。

即使卡达瓦夫人已经告诉我所有这一切，告诉了我她如何陪我妈妈走完她生命的最后几分钟，我还是不相信妈妈真的去世了。我依然固执地认为这可能搞错了，我也不知道我要到刘易斯顿来找什么，也许我是期待能够再见到她走过田野，期待能够再给她打电话，然后她会对我说"噢，萨拉曼卡，你是我的左臂"，还有"噢，萨拉曼卡，带我回家吧"。

　　在离科达伦湖还有最后五十英里的时候，我睡着了。当我醒来时，我坐的警车已经停在了医院大门口。警长正从医院走出来，他给了我一个信封，并悄悄地钻进车里，坐在我的座位旁边。

　　信封里面是爷爷留下的一张字条，上面写着他所住的汽车旅馆的名称和地址，在地址下面，他写着："我很悲痛地告诉你，我们的傻老太婆在今天凌晨三点的时候过世了。"

　　爷爷正坐在汽车旅馆的床边打电话，当看见我和警长站在门边时，他放下了电话，把我搂了过去。警长对爷爷说，听到奶奶去世的消息，他很难过，他本来要讲不应该让未成年的孙女在大半夜一个人开车下山的，但此时此刻并不适合来说教。他把钥匙还给了爷爷，并问爷爷是否需要帮忙安排一些事情。

　　爷爷说他已经处理完了大部分的事情。奶奶的遗体将会被空运回拜班克斯，爸爸会去接机。爷爷和我会在科达伦湖稍微收拾一下，把要办的事情办完，第二天一早就离开。

　　警长和副警长走后，我注意到爷爷和奶奶的行李箱全都打开了，行李箱里是奶奶的物件，全部混在爷爷的衣服里。我拿起了她的婴儿爽身粉闻了闻。桌子上放着一封皱巴巴的信。爷爷看见我看着那封信，他解释说："我昨晚给她写了一封信。一封情书。"

　　爷爷躺在床上，眼睛盯着天花板。"乖宝，"他说，"我想念我的傻老太婆。"他的一只手搭在眼睛上，另外一只手拍着他身边的空位置。"这不是……"他说，"这不是……"

　　"没事的。"我说，我坐在床的另一边，握住他的手，"这不是你们的婚床。"

　　差不多五分钟以后，爷爷清了清嗓子说："但是马上就是了。"

第四十四章

拜班克斯

我们现在已经返回拜班克斯了。爸爸和我又回到了农场生活，爷爷和我们住在一起。奶奶就葬在白杨树林里，那是爷爷奶奶结婚的地方。每一天，我们都会想念我们的傻老太婆。

后来，我一直很好奇壁炉后面还会不会藏着些什么，就好像石膏墙背后藏着壁炉，菲比的故事背后藏着妈妈的故事。在菲比的故事和妈妈的故事背后，我想至少存在着第三个故事，那就是爷爷和奶奶的故事。

奶奶下葬当天，她的朋友格洛丽亚，就是奶奶认为和菲比很像的那位，也就是追求爷爷的那位，她来拜访爷爷。他们坐在门外，连续聊了四小时，都是关于奶奶的事情。

格洛丽亚问我们有没有阿司匹林，她的头痛得厉害。那之后，我们就再也没有见过她。

我写了封信给汤姆·弗利特，就是在奶奶被蛇咬时曾经帮助过她的那个男孩。我告诉他奶奶已经回到了拜班克斯，但很不幸的是，她是被装在棺材里运回来的。我向他描述了奶奶下葬的白杨树林和旁边的河流。他回了信，信上说得知奶奶的死讯他很难过。他还说也许某天他会来看看那片白杨树林，然后他还问："你们的河岸是私人地产吗？"

爷爷开着皮卡车给我上了更多的驾驶课。我们在爷爷的老农场上练习，新的农场主人允许我们在农场凹凸不平的土路上哐啷哐啷地练车。跟我们在一起的还有爷爷的新比格犬，名叫"万岁，万岁"。我练车的时候，爷爷就一边摸着那只小狗，一边抽着烟斗。我们一起玩麂皮靴游戏，这个游戏是我们从爱达荷州返回的路上想出来的。我们轮流假装我们在穿着别人的麂皮靴走路。

"如果我穿着佩比的麂皮靴走路，我会非常嫉妒那位从天而降的哥哥。"

"如果这会儿我穿着奶奶的麂皮靴，我会想把双脚放进那条清凉的河流里。"

"如果我穿着本的麂皮靴走路，我会想念萨拉曼卡·希德尔。"

我们一遍又一遍地玩着这个游戏。穿着所有人的麂皮靴走路，我们会发现一些有趣的事情。有一天，我意识到，去刘易斯顿的整个旅程就是爷爷奶奶送给我的一份礼物。他们给了我一个机会，让我穿着妈妈的麂皮靴，去看她所看到的，去体会她的最后一次旅程。

我现在也理解了爸爸得知妈妈去世的消息以后没有带我去爱达荷州的原因。他自己已经悲恸欲绝了，他不想让我也陷入悲伤之中。后来，他才意识到我需要亲自去一趟爱达荷州，去体会这一切。他的决定是对的：我们不需要把妈妈的遗体带回来，因为她的生

命在树上，在谷仓里，在田野中。而爷爷不同，爷爷
需要奶奶在身边，他需要走到那片白杨树林里去见他
的傻老太婆。

一天下午，在我们聊完普罗米修斯从太阳神那里
盗取火种交给人类，以及潘多拉打开装着全世界所有
邪恶的禁忌之盒后，爷爷说，这些神话故事会流传至
今，是因为人们需要解释火的来源以及为什么这个世
界上会存在邪恶。这让我想到了菲比和那个疯子，我
说："如果我穿着菲比的麂皮靴走路，我肯定会相信
有疯子和挥着斧头的卡达瓦夫人，这样才能解释妈妈
为什么会消失了。"

菲比和她的家人帮了我，我想，他们促使我去思
考和理解自己的妈妈。菲比的故事像极了我自己那个
缘木求鱼的故事："很长一段时间以来，我一直相信
妈妈没有死，她一定会回来的。"

有时候我仍然会缘木求鱼。

于我而言，我们有太多糟糕的事情没办法解释，
例如战争、谋杀和脑瘤，也无从解决，我们只能看着

这些令人恐惧的事情离我们越来越近，不断放大这些恐惧，直到它们最终爆发。事实上，如果我们愿意正视它们，很多事情是可以解决的，它们并非我们初次见到时那么可怕。这个世界上也许存在斧头杀手和绑架犯，但大多数的人似乎和我们一样：时而恐惧，时而勇敢，时而冷酷，时而善良。这个发现让人感到欣慰。

我相信，所谓勇敢，就是尽你所能从好的一面去看待潘多拉的魔盒，尽你所能直面潘多拉魔盒里的一切，然后再转向另一个盒子，一个里面全是温暖和美好的盒子：里面有那棵妈妈亲吻过的、会唱歌的树，呼喊着"万岁，万岁"的奶奶，还有爷爷和他的婚床。

妈妈的明信片和头发还放在我卧室的地板下面。回家后我把这些明信片拿出来又看了一遍，爷爷奶奶和我已经去过所有妈妈去过的地方。

我们去过布莱克山、拉什莫尔山和劣地公园。唯一一张我不忍心再读一遍的是那张寄自科达伦湖的明信片，那是在她去世两天后收到的。

当我开着爷爷的皮卡车练车的时候，我也把妈妈告诉我的故事告诉了爷爷。他最喜欢的是纳瓦霍族关于阿赫松努特莉创造之神的故事。阿赫松努特莉永远不会死，她从一个婴儿成长为一位母亲、一位老婆婆，接着又重新变为婴儿，周而复始，生生不息，活了成千上万次。爷爷和我都喜欢这个故事。

我还是会爬到那棵糖枫树上，在那里听着树歌唱。糖枫树是我沉思的地方。我昨天就在糖枫树上想到了三件让我嫉妒的事情。

第一件事情有点傻。我嫉妒本的日记中提到的那个人，因为那不是我。

第二件让我嫉妒的事情是：妈妈曾经想过要多生点孩子，我嫉妒他们。我一个孩子难道不够吗？但当我穿着她的麂皮靴走路时，我会说："如果我是我的妈妈，我也会想要更多的小孩——不是因为我不爱我的萨拉曼卡，而是因为我太爱她了，所以我想要更多像她一样的孩子。"也许这也是缘木求鱼，也许不是，但这是我所愿意相信的。

最后这件事情倒不傻，而且这个嫉妒也不会马上消失。我一直都在嫉妒菲比的妈妈回家了，而我妈妈却没有。

我想妈妈。

本和菲比经常给我写信。本在十月中旬的时候给我寄了一张情人节卡片，卡片上写着：

> 红色的玫瑰，
>
> 棕色的泥土，
>
> 做我的恋人吧，
>
> 否则我会郁郁寡欢。

卡片上还加了句附注：**我从未写过诗。**

我也写了一封情诗寄回去，那首诗是这样的：

> 沙漠干涸，
>
> 但雨水滋润，

你对我的爱，

不是徒劳。

我也加了句附注：我也从未写过诗。

本、菲比、卡达瓦夫人还有帕特里奇夫人下个月会一起来拜访我们。有可能伯克威老师也会来，但是菲比希望他不要来，因为她不想和老师待在一辆车里那么长时间。爸爸和我为了迎接他们的到来开始打扫房间。

我已经迫不及待要向菲比和本展示小水塘、田野、干草棚、树还有牛和鸡了。我还会带本去看他送给我的那只鸡，那只叫黑莓的鸡已经成了鸡舍里的女王。当然，我还期待着黑莓之吻。

所以现在，爷爷有了他的比格犬，而我有了一只鸡和一棵"会唱歌的树"，故事就这样结束了。

万岁，万岁。